En Maria v

En Maria was zijn moeder

Wonderlijke kerstverhalen

2010
Uitgeverij Thomas Rap

Inhoud

Avond voor kerst

JAN SIEBELINK

Ik had geld nodig. In de krant werden ijzeren noren aangeboden, originele wedstrijdschaatsen, tweedehands. Voor negentig gulden.

Ik was direct met de advertentie naar vader gelopen, die in de broeikas bezig was cyclamen water te geven. Op het moment dat ik hem de krant gaf, had ik al spijt. De cyclamen waren van prima kwaliteit, stevig, dik in het blad, vol rode bloemen en knoppen. Maar er waren er te weinig van verkocht dit jaar.

Daarom zei ik direct: 'Ik wil niet dat jij ze betaalt...'

'Ik wil ze je graag geven,' zei vader, 'maar ik kan het geld niet missen.'

Ik bleef nog een tijdje in de broeikas rondhangen. Het was er lekker warm. De verwarmingsbuizen waren zo heet dat je ze niet eens vast kon pakken.

Vader zei dat hij extra cokes had moeten bestellen.

Op dat moment hoorden we de grote auto van Labots. Even later droegen kolensjouwers zakken kolen van de auto en gooiden ze leeg in het stortgat van de kelder. De mannen droegen een cape van zwart leer om hun nekken te beschermen. Uit het stortgat steeg een zwarte stofwalm op. Toen ze alle kolen gestort hadden, bracht moeder voor hen koffie die ze staande in de werkplaats opdronken. Ze zeiden dat ze met deze aanhoudende vorst dag en nacht werkten. Daarna vertrokken ze.

Ik ging met vader de stookkelder in om de ketels bij te vullen.

'Ik krijg die kolen,' zei vader, 'omdat Labots vertrouwen in mij heeft. Hij weet dat ik ze eens zal betalen.'

Met een haak trokken we sintels uit de ketels. Soms waren ze samengeklonterd en meer dan een halve meter lang. We schepten nieuwe kolen in de vuurgloed. Meerdere malen had vader verteld dat ongelovigen in zo'n vuurgloed voor altijd moesten branden, zonder ooit te verteren. De gedachte was onverdraaglijk, maar joeg mij in aanwezigheid van mijn vader geen angst aan. Bovendien waren wij gelovig. Die brandende hel was niet voor ons bestemd.

We sloten de ketels zorgvuldig af. Ze brandden lekker. Weer uit de kelder, zag ik de krant met de advertentie. Bij vaders grote zorgen was ik de schaatsen even vergeten. Ik durfde de krant niet te pakken, omdat ik dan opnieuw de aandacht op de schaatsen zou vestigen. Gelukkig kwam moeder de werkplaats binnen. Ze zei dat Wesseling net gebeld had. Hij wilde vijftig rode cyclamen en voor een paar tientjes asparagusgroen. Wesseling had een grote bloemenzaak aan de Hoofdstraat. Vader leverde niet graag aan hem omdat hij nooit contant betaalde.

Ik bracht de bestelling met de transportfiets weg. Tegen de vorst hadden we de planten met dubbele kranten ingepakt. Het vroor midden op de dag nog vijftien graden. Ik had een nota bij me, maar Wesseling zei dat hij na de kerst wel zou afrekenen. Hij had het nu veel te druk. Zijn winkel stond vol klanten. Toen ik wegliep kwam hij me achterop.

'Zou je morgen niet willen helpen bestellingen weg te brengen? Ik heb wel hulp, maar te weinig. Ik weet niet hoe ik alles de deur uit moet krijgen. En ik beloon je er natuurlijk goed voor.'

Hoeveel? wilde ik vragen, maar toen dacht ik aan de bestelling die ik net gebracht had.

'Als u de nota van vader betaalt,' zei ik. Ik kwam met honderdtachtig gulden thuis. Vader en moeder waren blij en verbaasd dat hij contant betaald had.

Vanaf 's morgens acht uur bracht ik bestellingen rond. Ik fietste door heel Velp, kwam in Arnhem, zelfs in Oosterbeek. Mijn bivakmuts was rond mijn mond wit van de rijp.

Als ik in de buurt van vaders kwekerij kwam, ging ik gauw even kijken of daar ook klanten waren. Maar van de kerststukjes met witte hyacinten en rode tulpen, die ik gemaakt had, waren er nog maar weinig verkocht. Vader had daar vrede mee. Als er geen klanten kwamen, dan had de Heere dat zo gewild. Het kwam ook niet in zijn hoofd op om reclame voor zijn mooie producten te maken.

Weinig of geen klanten. Ik vond dat beledigend. En ik fietste des te harder met nieuwe bestellingen van Wesseling in de snijdende wind, en vergat die belediging en dacht aan het geld dat ik vanavond verdiend zou hebben. Over de hoogte van het bedrag durfde ik niet eens na te denken.

Wesseling zei dat hij het nog nooit zo druk had gehad. En de mensen wilden ook steeds grotere en duurdere bloemstukken. Ik zag dat hij om het uur met zijn korte, dikke handen de kassa leeghaalde. Zijn ronde, kale gezicht glom. Handen vol bankpapier. Ik zou al die mensen in de winkel wel willen toeschreeuwen: jullie moeten twee straten verder gaan. Mijn vader heeft mooie planten en minder duur...

Om zes uur sloot de winkel. Maar nog lang niet alle bestellingen waren weg. Er vielen kleine vlokjes sneeuw uit de hemel. Ze waren zo licht dat ze bleven zweven. De wind was gaan liggen, maar ik was zo moe dat ik me zelfs niet meer warm kon fietsen. Tot tien uur reed ik door verlaten straten.

Wesseling betaalde me uit. Hij haalde geld uit de kassa en stopte me dat in de hand. Ik durfde niet te kijken hoeveel hij me gaf, want hij zou kunnen denken dat ik twijfelde aan zijn gulheid. Hij gaf me ook twee grote kerststerren mee, een witte en een rode.

'Dank u,' stamelde ik over zo veel goedheid. Al besefte ik tegelijk dat hij die kerststerren na Kerstmis toch niet meer kon verkopen.

Op weg naar huis wilde ik onder een lantaarn stoppen om te kijken hoeveel geld ik verdiend had. Maar ik had ijskoude handen en ik was bang dat ik het geld uit mijn handen zou laten vallen.

Moeder gaf ik de twee kerststerren. Ze ging direct warme chocola maken. Vader kwam net terug van de kwekerij. Om het uur controleerde hij de temperatuur in de kassen.

'En hoeveel heb je gekregen?' vroeg moeder, die de warme chocola voor mij neerzette.

Ik haalde het bosje verfomfaaide geld uit mijn zak. We zagen direct dat het vijftien gulden was.

'En daar heb je vanaf vanmorgen acht uur voor gewerkt,'

zei moeder boos. ‘Meer dan veertien uur op de fiets, met dit weer. Plus twee planten die iedereen voor de ramen heeft staan!’

Ze wilde Wesseling opbellen om te zeggen dat dit geen manier van doen was, dat je zo’n jongen van twaalf niet met dat bedrag mocht afschepen... Vader suste haar. Maar ik zag ook wel dat hij even zijn wenkbrauwen had opgetrokken toen hij die vijftien gulden zag, en dat zijn blauwe ogen nog lichter waren geworden.

Hij gaf mij twintig gulden van het geld dat ik gisteren voor de cyclamen gebeurd had.

Ik dronk van de warme chocolademelk, moeder schilde een goudreinet en vader las daarna een psalm onberijmd. Om halftwaalf ging hij weer naar de kwekerij, want hij vertrouwde het niet met die kale vorst. De sneeuw had niet doorgezet.

Ik ging met vader mee. We liepen over het smalle middenpad naar de kassen. Aan onze linkerhand, boven de heg die de kwekerij van de katholieke begraafplaats scheidde, stak het witte christusbeeld uit. Er lag een ijskoude glans over.

In de werkplaats voelden we direct dat er iets mis was. Het was er niet koud, maar de behaaglijke warmte was verdwenen. Vader voelde aan de verwarmingsbuizen, die lauw aanvoelden. Het kon zijn dat de ketels bijgevuld moesten worden. We gingen de stookkelder in, maar de vuurgloed in de ketels was groot.

‘Er moet ergens een lek zijn,’ zei vader rustig. Samen inspecteerden we de buizen in de kassen. Vader scheen met een zaklamp onder de tabletten en in duistere uithoeken, waar dahliaknollen lagen te drogen.

Toen we van de cyclamenkas terugliepen naar de werkplaats zagen we een dooiplek op het middenpad. Er zat dus een lek in een van de buizen onder de grond. Als we het lek niet snel vonden, zou de temperatuur in de kassen onder nul zakken en zou alle voorjaarsgoed bevriezen.

Vader begon met een pikhouweel de grond los te hakken. Ik lichtte hem bij. We hadden beiden het zweet op ons voorhoofd staan. Moeder kwam ook kijken wat er aan de hand was. Vader zei haar dat ze Budel moest waarschuwen. Nog voor de loodgieter kwam, hadden we het lek gevonden. Uit een minuscuul gaatje sijpelde heet water. Budel zei dat het hele verwarmingssysteem van de kwekerij aan vernieuwing toe was. Vader gaf geen antwoord, want hij zou nooit geld voor vernieuwing hebben.

Budel repareerde het lek. Hij zei dat er elk moment ergens anders een nieuw lek zou kunnen ontstaan. Met een lamp controleerde hij de buizen voor zover wij ze hadden blootgelegd. Daarna gooide vader het gat dicht en stampte de aarde aan.

Budel dronk koffie in de keuken. Hij zei dat hij voor ons allen hoopte dat er vannacht geen problemen zouden komen.

Om twee uur lag ik in bed en viel direct in slaap. 'Ik wil dat jij ook even uitrust,' hoorde ik mij tegen vader zeggen. Mijn stem klonk vreemd schel, maar vastbesloten. Ik nam de schop van vader over en groef verder in de smalle tunnel. Ik was verbaasd over het ingewikkelde stelsel van buizen en leidingen dat onder de grond lag. Ten slotte kwam ik bij de eikenhaag die de kwekerij van de begraafplaats scheidde. Alle moeheid was van mij afgevallen en hoewel ik met werken wilde ophouden groef ik door. Algauw kwam ik in een grote zaal, waar het aangenaam warm was en waar een groene schemer heerste. Ik stond op een lemen vloer, die nat was, en van boomwortels boven mij vielen druppels.

Na een tijdje onderscheidde ik aan weerskanten, van de vloer tot aan het plafond, schappen met houten bakken. Ze deden me sterk denken aan die platte vierkante kisten van het golfslagbad in Doorwerth: daarin gaf je je kleren in bewaring. Je kreeg een muntje, dat je aan je zwembroek moest vastmaken. De bak met kleren werd op een schap gezet.

Ik spitste mijn oren. Ik hoorde zacht gerommel, als van ver onweer. Ik liep in de richting van de schappen met kisten. Hier was het zo donker dat het een hele tijd duurde voor ik begreep waar het geluid vandaan kwam. In de kisten lagen de doden. Ze stootten met hun ellebogen tegen de binnenkant van de kisten, die met schokjes naar de rand bewogen. Ik keek naar de gezichten die afwezig, verveeld, naar het plafond lagen te staren.

Ik liep langs de schappen, nieuwsgierig of ik bekenden zou zien. In het voorjaar plantte ik violen op het graf van Henkie Puntjer, die in de klas naast mij had gezeten en in de IJssel was verdronken. Ook wiedde ik het gras tussen de kiezeltjes van het graf waarin mijn buurjongen lag: Appie van Geldere leed aan de sint-vitusdans en is bij een aanval onder een trolley gekomen.

Maar ik hoorde voetstappen aan de overkant en ik bleef staan. Er was op dat moment ook een hevig gerommel te horen en ik zag Wesseling met zijn korte, dikke handen de kisten terugduwen, die van de schap dreigden te vallen. Ik kon mijn ogen niet van hem afhouden. In koortsachtige haast was hij bezig. Soms schudde hij de zweetdruppels van zijn gezicht. Een druppel kwam op mijn hand terecht. Hij was ijskoud. Waarschijnlijk kreeg hij zware straf als een kist op de grond viel. Wesseling, in die haast, zo afhankelijk, leek jaren ouder.

Ik begreep dat hij dit werk in eeuwigheid zou moeten verrichten, dat hij een evenwicht in stand moest houden dat elk moment verbroken kon worden. Zijn handen duwden hardnekkig de kisten terug. Ik heb een hele tijd naar het schouwspel staan kijken en algauw was ik er al zo aan gewend dat ik de indruk had dat er geen beweging was. Er gebeurde niets. De stilte leek ook van minuut tot minuut dieper te worden, tot ik de pendule op de schoorsteen hoorde. En toen, vaders klompen op het pad naar de kwekerij. Hij riep tegen moeder dat de leidingen het gehouden hadden. Moeder riep terug dat de kersttafel gedekt stond.

Op die droge, van rijp knerpende ochtend was het een hevig genot niet dood te zijn. Ik begon mij vrolijk aan te kleden.

Dubbeldik kerstverhaal

Herman Koch

Die ochtend was de jager al vroeg van huis gegaan. Met zijn dubbelloopsgeweer over de schouder en de weitas aan zijn broekriem doorkruiste hij nu de akkers. Zijn kniehoge rubberen laarzen waren zwaar van de kleiklonters en af en toe bleef hij even staan om uit te blazen en een shagje te rollen.

Nog voor zonsopgang was hij in Walsoorden begonnen, en na anderhalf uur had hij de dijk bij Lamswaarde bereikt. In het oosten stond de aarzelende winterzon nu laag boven de horizon. Van de Petrus & Paulus Hoeve, het pannenkoekenhuis van Lamswaarde, waren de luiken nog gesloten. Verder, achter de kinderboerderij, schemerde de toren van Graauw door de kale takken van de populieren, en nog weer verder kringelde de rook uit de koeltorens van de kerncentrale in Doel naar de hemel omhoog, traag en bijna niet bewogen door de wind als de rook uit de pijp van een tevreden roker die zich op een, langs de straatkant bij het grof vuil neergezette maar nog best bruikbare, sofa had uitgestrekt. Meer naar het noorden kliefde een containerschip zich door het achter de dijk verborgen water van de Westerschelde in de richting van Paal, en het Verdronken Land van Saeftinghe en de havenmond van Antwerpen daarachter. De jager hield van landschapsbeschrijvingen. Ze gaven niet alleen diepte aan het landschap, maar ook aan het bestaan zelf. Bovendien vertraagden ze de loop van het verhaal, waarmee de ontknoping verder naar achteren opschoof. Wie geen geduld had om het landschap in zich op te nemen en meteen door wilde naar de laatste pagina, of de laatste regel onder aan dit verhaal, moest dat dan maar doen. Wie behoefte had aan een bepaalde spanningsboog zou ook de rust moeten kunnen opbrengen om eerst het landschap in zich op te nemen en vervolgens de theorie van de jager aan te horen.

Die theorie was als volgt: een wolf kon nooit op eigen houtje de ene dag in Walsoorden opduiken, twee dagen later in de bossen bij Heikant, om de volgende ochtend alweer bij De Clinge de straatweg over te steken en zich nauwelijks vierentwintig uur later bij een schapenfokkerij in Lokeren te presenteren.

Nee, als de wolf al over een kaart van Zeeuws-Vlaanderen beschikte, dan was het zonder enige twijfel een doorgestoken kaart. Alleen met gebruikmaking van een scooter kon hij op zo veel plaatsen tegelijk opduiken – maar wolven op scooters hoorden in sprookjes thuis.

Vanuit de richting van de Petrus & Paulus Hoeve kwam nu een klein meisje het paadje naar de Lamswaardense Dijk opgelopen. Ze droeg een mandje onder haar arm en had een rood mutsje op haar hoofd. Toen ze naderbij kwam, herkende de jager Loesewies Luteijn, de achtjarige dochter van de vuilslager uit Lamswaarde.

'Waar ga jij naartoe, Loesewies?' vroeg de jager.

'Ik ga naar grootmoeder,' antwoordde het kind. 'Spek en worst brengen voor Kerstmis.'

'Spek en worst, hm,' gromde de jager. 'Wist je niet Loesewies, dat het alle meisjes van rond de acht met klem wordt afgeraden met een rood mutsje op pad te gaan in deze dagen?'

Het meisje sloeg beschaamd haar ogen neer.

'Geef dat mutsje maar aan mij,' zei de jager. 'Dan krijg jij mijn jagerspet.'

Met het rode mutsje op zijn hoofd vervolgde de jager zijn weg. Even buiten Lamswaarde, bij een bocht in de weg, ontwaarde hij een voertuig dat kennelijk vastzat in de modder. Een voertuig dat, toen hij dichterbij kwam, een arrenslee bleek te zijn. Nu was hij ook in staat de rood met witte kleding van de bestuurder te plaatsen. 'Problemen, vriend?' sprak de jager tegen de kerstman die met zijn rug naar hem toe over de arrenslee gebogen stond.

'Ik krijg dat ding niet meer aan de praat,' zei de kerstman, nog altijd zonder zich om te draaien.

De jager haalde zijn dubbelloopsgeweer van de schouder en zette het tegen de zijkant van de arrenslee. De ene loop was geladen met een mengsel van xtc en BSE, en de andere met een scherpe hagelpatroon, voor het geval dat.

Net als ieder ander wist hij dat arrensleeën met rendieren in het domein van de sprookjesverhalen thuishoorden, maar dit had hij nog nooit eerder gezien: onder de, in kerstpapier ingepakte, cadeaus ontwaarde hij een onvervalste scootermotor. Een jinglebel tinkelde zachtjes in de plotseling opstekende wind. En ook rook de jager nu een lucht die hij wel eens eerder had geroken in de dierentuin. Net voorbij het kamelenverblijf en dan links. Wat bevond zich ook weer voorbij het kamelenverblijf?

‘En waar ga jij met je rode mutsje naartoe, jagertje?’ sprak de kerstman. ‘Misschien kun je me helpen deze motor weer aan de praat te krijgen. Ik heb hem uit een oude scooter gesloopt, maar misschien heb ik de boel te zwaar met cadeaus beladen. Ik weet niet of jij daar een idee over hebt?’

Vrijwel op hetzelfde ogenblik dat de jager zich voorover-boog om de motor van dichtbij te bestuderen, viel alles in zijn gedachten op zijn plaats: niet alleen wist hij plotseling bij welk dierenverblijf hij de lucht eerder had geroken, maar ook zijn theorie naderde nu met rasse schreden zijn ontknoping. Het was bijna hetzelfde ogenblik waarop de hermelijnen rood met witte mouw van de mantel van de kerstman een stukje terugschoof en een harige, bruine poot met lange, zwarte nagels onthulde. Toen de ‘kerstman’ zich ten slotte oprichtte en hem eindelijk zijn gelaat toekeerde, wist de jager eigenlijk al dat hij nooit snel genoeg zou zijn om zijn geweer te bereiken. Ook wist de jager in die ene, zelfde, ondeelbare flits dat zijn nu aan alle kanten sluitende theorie waarschijnlijk niet meer door hemzelf wereldkundig gemaakt zou worden.

De eigenzinnige kerstboom

Jan Wolkers

De lege dozen waarop nuchter, bijna schaamteloos KERSTGOED stond gestempeld, werden weer te voorschijn gehaald en aan de voet van de kerstboom gezet. Voorzichtig haalde de vader de pegels, ballen, kerstklokjes, de melkwitte ooievaar, het viooltje, de trompetjes en de pauwtjes een voor een uit de boom en legde ze steeds in de gretige handen van de beide kleine jongens die ze, iets te hardhandig, maar dat merkte je een jaar later pas, in vloeipapier wikkelden en in de vakken in de dozen deden. Toen hij het vogelnestje met de drie zilverkleurige vogeltjes met ijsvogelblauwe vleugeltjes wilde pakken, dat bijna als een echt nest diep in de boom tegen de stam verscholen zat, keek hij even bevreemd op omdat het was of de takken dat rulle kommetje van kunststof vast probeerden te houden. Een raadselachtige tegenwerking. Hij glimlachte en schudde zijn hoofd, alsof hij een bizarre droom wilde vergeten. Toen ging hij verder en haalde de slingers en de elektrische kaarsjes uit de boom, waarvan de snoeren, ondanks zijn herhaalde aanwijzingen, als door elkaar gehutselde haricots verts in de doos kwamen te zitten. Het laatst kwam de piek naar beneden, die bijna ieder jaar sneuvelde, maar nu, door kunst- en vliegwerk van de vader, die als een jongleur de kleine jongens assisteerde, nog net niet. Met weemoed bleven ze even met z'n drieën naar de kale boom kijken met het gevoel dat de natuur toch eigenlijk wel heel erg saai was, toen sleepten ze hem het terras op en tilden de kluit, die vrij vochtig was gebleven, aan de stam uit de aarden pot. Daarna trokken ze hun jassen aan en de vader haalde een schep uit de schuur en op de plaats achter in de tuin die de jongens hadden uitgezocht plantten ze de boom.

De boom sloeg aan want in de loop van het voorjaar zagen ze lichtgroene punten aan de takken komen, bosjes nieuwe naalden die vooralsnog luchtig bij elkaar werden gehouden door een krokant bruin mutsje, en op een mooie ochtend in mei zei de vader tegen de jongens: 'Mannen, we gaan naar de kerstboom kijken want er is iets heel aardigs gebeurd. Een merelpaar heeft er een nest in gemaakt en het vrouwtje zit op drie eitjes te broeden. Maar weten jullie wat nou zo bijzonder is. Het nest zit op precies dezelfde plaats als waar de kerstversiering van het nestje met de vogeltjes heeft gezeten. En hij tilde ze, toen ze bij de boom stonden, een voor een op om ze de broedende merel te laten zien die plat als een verendeksel het ruwe kommetje van aarde en takjes afsloot. De komende tijd gingen ze zo nu en dan met hun vader bij het nest kijken, en soms, als de merel even het nest verlaten had, liet hij ze de drie lichtgroene eitjes met bruine vlekjes zien.

Maar op een ochtend viel het ze al van ver op dat de beide vogels met voer in hun snavels zenuwachtig om de boom fladderden. Steeds wrong er zich een door de naaldentakken naar het nest maar kwam weer met een volle snavel te voorschijn. Toen ze bij de boom kwamen bleven ze verstijfd van schrik staan en staarden in ontzetting het naaldhout in. Drie zilverkleurige vogeltjes met ijsvogelblauwe vleugeltjes zaten levenloos weggedoken in het nest. En steeds kwamen de ouders en tikten wanhopig met hun volle snavel tegen de blinkende snaveltjes. De vader sprak geen woord, maar liep met grote stappen naar het huis terug terwijl vaag de gedachte aan een onsmakelijke wrede practical joke door zijn geest begon te spelen. Maar van wie in godsnaam? Hij haastte zich naar de zolder, haalde de doos met versierselen van de vliering en bestudeerde aandachtig het brede plakband waarmee hij die hermetisch afgesloten had. Het zat nog precies zo. Nergens was een spoor van ook maar de geringste beschadiging. Toen hij hoofdschuddend de doos weer op zijn plaats wilde zetten hoorde hij er ineens een zwak gepiep uit komen. Met een onwerkelijk gevoel alsof er iets niet in de haak was met de orde der dingen maakte hij de doos met trillende handen open. Voor zijn ontstelde blik sperden zich de hongerige geelomrande bekjes van drie mereltjes open, die tegen elkaar gedrukt in het nestje van kunststof zaten. Voorzichtig haalde hij ze eruit en liep ermee naar de boom terug waar de kleine jongens nog angstig bij stonden te kijken naar de frenetieke voederdrift van de merels. Hij griste de zilveren vogels uit het nest en legde er voorzichtig de hongerige diertjes voor in de plaats, die meteen door de ouders gevoerd werden.

Toen ze terugliepen naar huis en de jongens vroegen wat er nou allemaal voor vreemds gebeurd was, antwoordde de vader, terwijl hij met een lichte frons op zijn voorhoofd in de verte staarde: ‘Gelukkig is de natuur meestal sterker dan de leer, maar soms lijkt het er op of schijnbaar onbewust levend geboomte en levenloos geachte voorwerpen het heft in handen trachten te nemen om een gruwelijke mutatie tot stand te brengen. Zo kan je dan een monsterverbond krijgen tussen een kerstboom en zijn versierselen.' Daarna wierp hij de zilveren vogeltjes met een lichte huivering op de grond en vertrapte ze tot er alleen nog maar een zilverachtige schittering in de zwarte aarde achterbleef, terwijl hij mompelde: 'We zullen het zekere voor het onzekere nemen, jongens, want aan het eind van het jaar is het weer kerstfeest.' En hij voegde er met een lachje aan toe: 'Al is een spar dan wat saai, ik zie ze toch liever zo dan dat ze eigenhandig van de natuur een schiettent proberen te maken.'

De kaars

Kees van Kooten

Wij waren thuis niet religieus.

Werd mij op het een of andere formulier naar 'godsdienst' gevraagd, dan kon ik slechts 'geen' invullen. Omdat ik dit een beetje kaaltjes vond staan en ik, de schaarse keren dat hierom verzocht werd, als alle kinderen graag zo veel mogelijk op te schrijven en in te vullen wilde hebben, kwam ik met mijn ouders overeen dat wij eigenlijk protestant waren, zodat ik in voorkomende gevallen 'godsdienst: protestants' kon noteren.

Protestants was kennelijk zo goed als niks – een onzijdige geestesgesteldheid die je niet tot kerkbezoek dwong.

Om mij toch enig godsdienstig besef bij te brengen, zonden mijn ouders mij naar een overbuurvrouw die, in een permanent geblindeerde benedenwoning, een vaag bijbelclubje dreef.

Daar luisterde ik, tezamen met een tiental buurtkinderen, een jaar lang elke woensdagmiddag van twee tot drie uur naar eindeloos durende verhalen waarin hel, zonde, offers en verdoemenis de boventoon voerden. Ik heb nooit begrepen welke richting die mevrouw aanhing, maar de liturgie verplichtte haar aanhangers hand in hand op de vloer te zitten. Zij ging gehuld in een oud, Perzisch kleed, maar haar gezicht kan ik mij niet meer voor de geest halen, uit verdringing.

Aan het einde van de dienst moesten wij een door onze voorgangster aangestoken, in een zelfgebakken kandelaar gevatte kaars doorgeven die, nadat zij de kring gelovigen was rondgegaan, elke week door een ander kind mocht worden uitgeblazen. Dit deden wij overdreven hard, uit opluchting.

Onze godsdienst stond het vieren van Kerstmis niet in de weg, thuis. Ieder jaar hadden wij een boom en werden er platen van Vera Lynn gedraaid. Behalve de piek, de ballen en een ons chocoladekransjes, hingen er een harpje en een zilveren trompetje in onze kerstboom. Toen ik op achtjarige leeftijd wilde proberen of je ook echt op dat trompetje kon blazen, heb ik de hele boom nog eens omgetrokken. Het trompetje deed het, en dit ben ik altijd als een wonder blijven beschouwen – dat ze ergens diep in Tsjechoslowakije waar, zoals u weet, de kerstversiering vandaan komt, de moeite hadden genomen om een heus toetermechaniekje te monteren!

Gelukkig ontstond er geen brand, want wij hadden, als een van de eerste families in Nederland, elektrische kaarsjes. Wanneer onze vader, vloekend, het na de vorige Kerstmis keurig in de doos weggeborgen, maar desondanks telkenjare weer totaal in de war te voorschijn geviste elektrisch verbindingssnoer had ontrafeld, verdeelde hij de zestien kaarsjes zo eerlijk mogelijk over de boom, riep ons aan de voet ervan bijeen en stak de stekker in het stopcontact. Wanneer de verlichting weigerde, wat elk jaar het geval was, werden alle lampjes een voor een gewisseld tegen een reserve-peertje, tot het defecte exemplaar was gelokaliseerd. Gedurende de kerstdagen en tot diep in de eerste week van het nieuwe jaar, startte en doofde vader de versiering door een van de bovenste, voor ons kinderen zonder stoel niet te bereiken lampjes vast en weer los te draaien. Deze kerstboomverlichting had als voordeel dat de kaarsjes ook scheefgezakt, horizontaal of ondersteboven hangend konden blijven doorbranden, maar ik was het met mijn moeder eens dat die elektrische gezelligheid het niet haalde bij de warme gloed van echte kaarsen.

Dat ik, ondanks de behaaglijke herinnering aan die kerstdagen thuis, nog altijd heel even huiver bij het zien van enige kaars, komt door een traumatische ervaring op de middelbare school.

Ik bezocht een school waar buitengewoon veel aan zogeheten 'buitenschoolse activiteiten' werd gedaan; ieder kwartaal werd besloten met een bijeenkomst van de circa vijfhonderd leerlingen en veertig docenten, in de Aula. Hier werd, na een paas-, pinkster- of kersttoespraak van de rector, een paas-, pinkster- of kersttoneelstuk opgevoerd. Ik was dertien en zat in de tweede klas toen ik mijn toneeldebuut maakte met HOUDT DE VLAM BRANDENDE – een drama waarin ik, als leider van een groep Eerste Christenen ten tijde van de Romeinen, de hoofdrol speelde. Wij waren onderdrukt en voortdurend op de vlucht, wat, op een toneel van vijf meter diepte en negen meter breedte en met twintig jongens in de groei, geen geringe opgave was. De tocht ging richting Bethlehem en wij waren in het eerste bedrijf net buiten Rome geraakt, toen we op de Via Appia zouden zijn gekruisigd door een langsdreunend garnizoen Romeinen, indien ik onze ontdekking niet had weten te voorkomen door met mijn

Christenen bliksemsnel weg te duiken achter een de maanden tevoren tijdens de lessen Handenarbeid uit triplex vervaardigd bosschage. Zo stond het in het stuk. Helaas ging bij deze manoeuvre de kaars uit die de geheime christelijke boodschap symboliseerde en die, in een gouden kandelaar, onafgebroken brandend naar het o zo verre Oosten gedragen moest worden. (Voor het opvoeren van HOUDT DE VLAM BRANDENDE had onze rector een speciale ontheffing vuur op toneel gevraagd, bij de Haagse brandweer.)

Onze nieuwe leraar Nederlands die, als regisseur, het stuk hardop in de coulissen meelas, was vergeten een doos lucifers bij zich te steken en uit het opgewonden geroep en gehol in het zijdoek begrepen wij dat er koortsachtig naar vuur werd gezocht. Wij probeerden intussen, elkaar in paniek en schaamte verdringend, met ons twintigen achter de twee houten struikjes beschutting te vinden tegen de lacherige blikken uit de zaal. Echt gevaar viel er na een paar minuten al niet meer te duchten – de Romeinen, volkomen van hun stuk gebracht door de gedoofde kaars (bij welks schijnsel zij ons hadden moeten waarnemen), waren allang van het toneel verdwenen. Sommige stonden zelfs, verkleed en wel, na vijf minuten alweer klaar als de Egyptenaren die zij in het negende bedrijf moesten spelen en wij zagen hoe zij, op ons wijzend, elkaar proestend in de rokjes porden.

Twee van onze Christenen begonnen uit zenuwen en ellende te huilen. Na een kwartier liet een Griekse slavin uit het vijfde bedrijf zich tegenspartelend het toneel op duwen om achter de struiken onze kaars opnieuw aan te steken. Wij verrezen en schuifelend, een hand om de vlam gevouwen, verliet ik met mijn getrouwen het toneel, waarna het doek viel.

In de zaal ontlaadde zich de opwinding in massaal gemompel, doorschoten met het hysterische lachen van moeders. Ik had het geluk dat mijn ouders die avond waren verhinderd, vanwege 'iets met oma'.

Het tweede bedrijf speelde zich af in een Balkancafeetje. Met één tafel en vier stoelen was de armoe van de landstreek hier raak getroffen. Toen ik na onze binnenkomst in een vloeiende beweging de kaars op de tafel zette en ging zitten, gleed ik van de manke stoel. De kaars viel om en rolde van de tafel op mijn mantel, waar zij doofde.

Maar nu had ik vuur bij me! Beheerst kwam ik weer overeind, pakte de stoel, ging in evenwicht op zijn drieënhalve poot zitten en deed, koelbloedig mijn tekst vervolgend, onze kaars opnieuw branden met de van de leraar Nederlands meegekregen aansteker.

Zij bleef vlammen tot in Rusland, waar wij per abuis terecht waren gekomen omdat de kaars, volgens het stuk, te weinig licht gaf onderweg en waar zij, in het vierde bedrijf, driemaal werd uitgeblazen door een vanuit het zijdoek opgewekte steppestorm. Hoewel ik gaandeweg een behendige, door veel afschermende, wijde mantelgebaren prachtig binnen mijn rol van samenzwerende christenleider passende motoriek in het weer aansteken van de kaars ontwikkelde, hadden ik en mijn mannen vooral in India de grootste moeite om haar te beschermen tegen het gewapper en gefladder van de als Dolle Derwisjen rondrazende meisjes uit 2b. In het gedrang op de Turkse Markt (het achtste bedrijf) moest mijn aansteker er zelfs vijfmaal aan te pas komen om de goede boodschap brandende te houden! De zaal leefde enorm met het gebodene mee. Wanneer na een land het doek viel, scandeerden de vierde- en vijfdeklassers: HOUDT DE VLAM BRANDENDE, HOUDT DE VLAM BRAN-DEN-DE! en hoewel wij door een foutief changement tussen het elfde en twaalfde bedrijf nog een keer in dat balkancafeetje moesten zitten beraadslagen, marcheerden wij tegen twaalven met een nauwelijks geslonken maar dapper brandende kaars Bethlehem binnen. Er barstte een bevrijd, ovationeel applaus los en er was limonade en veel gegil in de kleedkamer, waar ik voor de rest van het schooljaar verliefd werd op de Indiase buikdanseres die de stofzuigerslang van thuis bij wijze van python om haar hals hield gekronkeld.

In een roes van eerste roem fietste ik door de nacht naar huis. Halverwege werd ik aangehouden door een agent, omdat mijn achterlicht niet brandde.

– Waar kom jij vandaan? vroeg de agent.

– Uit Bethlehem, antwoordde ik, van de spanning.

– Zozo, zei de agent. En hij besloot, links van mij rijdend, met mij mee naar huis te fietsen. Ik lag toch op zijn route.

We hebben nog heel gezellig gepraat onderweg. Hij had zelf ook eens een keer in een toneelstuk moeten spelen, dat wist hij nog goed. Maar dat was eens maar nooit meer. Wat wilde ik later worden?

– Agent, antwoordde ik uit veiligheidsoverwegingen, terwijl ik dacht: toneelspeler.

Tweewielers

Leon Verdonschot

De fietsenmaker was verliefd op Irma.

Irma was mijn moeder.

De fietsenmaker was niet de eerste, maar wel de meest onwaarschijnlijke en zeker de minst kansrijke man die ooit verliefd was geworden op mijn moeder.

Irma had al een vermoeden toen ze in zijn winkel kwam. De naam van zijn winkel was zijn achternaam en het woord 'tweewielers'. Ik heb nooit iemand dat woord hardop horen gebruiken, de enige plek waar ik het soms tegenkom is op de winkelruiten van fietsenmakers. Irma vertelde dat hij heel erg vriendelijk deed. Verdacht vriendelijk.

Op een avond kwam hij op bezoek. Het was vrijdagavond en we hadden kroketten gegeten. Op witbrood, met mayonaise erop, uit een tube. Als de tube bijna leeg was, knipte Irma het einde eraf en haalde ze er de laatste restjes uit. Dat deed ze met alle tubes, ook die van de tandpasta. Ik vond mayonaise uit een tube veel leuker dan mayonaise met een lepel uit een pot. Een tube gaf me het gevoel dat ik zelf in een frituur werkte. En misschien wilde ik dat later wel. Dat had ik Irma al verteld, en dan deed ik voor hoe ik de mayonaise en de curry over de frieten zou doen, en dan de uitjes er op zou scheppen. Ik zou zorgen dat de friet speciaal perfect was, dat je ook bij de laatste frieten nog steeds curry proefde. Bij de man van onze frituur lukte dat niet altijd, daar was soms de onderste helft van de frieten in het bakje helemaal zonder saus. Ik dronk chocomel bij de kroketten, mijn moeder thee. Soms zei ik 'Ah, lekker!' als ze een slok nam. Dan lachten we allebei hard, want dat zei de vader van mijn vriend Maurice laatst, toen ik daar tijdens de pauze bleef eten. Hij zei het bij vrijwel iedere slok van zijn thee, terwijl hij diep uitademde. En steeds als hij het zei, keek hij naar de mok, alsof hij die toesprak. Toen ik thuiskwam, vertelde ik het meteen aan Irma. Sindsdien deden we hem soms na.

Maurice woonde in een enorm huis. Zijn vader was dokter, vandaar. Hij was ook onze huisarts. Ik kende in Geleen maar twee huisartsen, de andere woonde een paar huizen verder. Zijn zoon zat ook bij mij op school. Hij heette Jeroen, droeg altijd merkkleding en had het grootste piratenschip van Playmobil. Volgens mijn moeder had Jeroens vader een alcoholprobleem. Mijn vriend Marco had Jeroens vader als dokter. Marco zei ook dat Jeroens vader dronk. 'Soms ruik je het zelfs,' zei Marco laatst.

De eerste keer dat Maurice bij ons thuis kwam, stonden we samen voor de deur te wachten tot Irma opendeed. Maurice keek naar de dakterrassen en achtertuintjes waar we vanuit onze galerij op uitkeken. Hij keek naar het slordige terras van de overburen. De was wapperde aan een lange draad. Alle was was wit. Maurice zei: 'Het lijkt wel een achterbuurt.' Dat had ik mijn moeder verteld. Irma zei boos dat dat onzin was en dat nou eenmaal niet iedereen een dokter als vader had.

Misschien wel een fietsenmaker, grapte ik tijdens het eten. 'Moet ik hem ook papa noemen?' Irma lachte en zei: 'Als je het maar laat!'

De fietsenmaker had een bos bloemen meegenomen. Ik zag het boeket in de keuken staan, in een vaas. Naast de vaas lag een zwart zakje met plantenvoeding. De bloemen waren rood. Ik was het eerste halfuur in mijn kamer gebleven, maar toen ik in de keuken cola inschonk, hoorde ik ze praten. De cola was van het merk City, die kochten we bij de Aldi. Ik vond de Aldi grappig, omdat ze allemaal producten hadden die heel erg leken op die van echte merken, maar dan goedkoper. Ze hadden een chocoladereep met kokos erin, dat was natuurlijk gewoon een Bounty, maar dan uit Duitsland, met een andere naam. Zoals hun chocoladereep met hazelnoten erin gewoon een vermomde Nuts was. Op mijn verjaardag mocht ik echte cola. Ik had wel veel blikjes Coca-Cola in mijn kamer, maar dan lege. Mijn Coca-Cola-verzameling werd steeds groter. Ik had blikjes uit Griekenland, met rare letters erop. Sommige mensen namen buitenlandse Coca-Cola-spullen voor me mee als ze terugkwamen van vakantie. Of ze vroegen aan Irma wat ik voor mijn verjaardag wilde, en dan zei Irma dat ik colaspullen verzamelde. Op mijn vorige verjaardag was een vriendin van Irma langsgekomen met twee ingepakte cadeautjes. Ik pakte ze uit. Het waren een schrift en een potlood van Pepsi Cola. Hier had ik niks aan. Ik wist niet eens dat Pepsi ook spullen maakte. Ik zei dankjewel en dat ik het gaaf vond, maar volgens Irma kon ze goed zien dat ik teleurgesteld was.

Ik liep de woonkamer in. De fietsenmaker en Irma zaten op de bank. Op de tafel stonden kopjes koffie, en de doos met koekjes. Ik zag dat Irma de koekjes met een hap eruit uit de doos had gehaald. 's Ochtends nam Irma altijd een hap van een koekje. Daarna stak ze een sigaret op. Maurice had dat wel eens gevraagd, waarom bij ons zo veel koekjes een hap eruit hadden. Toen had ik verteld dat mijn moeder niet op de nuchtere maag wilde roken. Maurice keek alsof hij dat raar vond.

De fietsenmaker droeg een hemd en een spijkerbroek. Als ik hem in het centrum tegenkwam, had hij meestal een blauwe overall aan. Zijn broekspijpen hielden op voor zijn witte sokken begonnen. Het verschil in kleur tussen zijn sokken en benen was klein. De fietsenmaker was aan het woord. Ik kon zien wanneer Irma zich verveelde, en dat was nu.

Hij bleef behoorlijk lang. Toen Irma de deur achter hem dichtsloeg, zuchtte ze diep. Ik zei: 'Zag je hoe wit zijn benen waren?' Irma keek alsof het opeens heel erg stonk.

In Geleen was het iedere avond koopavond, want sinterklaas en kerst naderden. Ik liep graag door de stad in december, dan waren de straten mooi verlicht en leek Geleen op het decor uit Amerikaanse kerstfilms.

Met een meisje uit mijn klas was ik een hele avond lang achter Mark aan gelopen, de enige zwerver van Geleen. Iedereen kende zijn naam en zijn levensverhaal. Irma had het mij ook ooit verteld, maar ik was het vergeten. Het was iets met zijn vrouw die was weggegaan, en volgens Irma kon wat er met Mark gebeurde iedereen overkomen. We vroegen ons af waar Mark uiteindelijk naartoe liep. Het viel niet mee om hem ongemerkt te volgen, want hij liep heel langzaam en stopte vaak, om even te gaan zitten, of gewoon te blijven staan en voor zich uit te kijken. Toen de winkels al bijna dicht waren, liep hij pas het centrum uit, richting het station en de begraafplaats. Daar liep hij een straat in waar alle tuinen vol stonden met dozen, hout en verwilderde planten. Ongeveer in het midden van de straat liep hij zo'n tuin in. Hij pakte een sleutel uit zijn zak, opende de voordeur en ging naar binnen. Mark, de dakloze van Geleen, had een huis! Toen ik thuiskwam, vertelde ik Irma dat ik iets had ontdekt vandaag. Ze was helemaal niet geschokt, zoals ik had gehoopt. Volgens haar wist iedereen dat al jaren, van Marks huis. Hij wandelde gewoon graag.

We hadden de kerstboom al staan. Hij was iets kleiner dan die van vorig jaar, maar wel dikker. De stal stond er al voor. Soms speelde ik met mijn Star Wars-poppetjes in en rond de stal, maar dat vond Irma niet zo leuk. De boom bleef altijd staan tot na oud en nieuw. Dan ging Irma beneden staan, op de stoep, en ik op het balkon, en dan gooide ik hem van het balkon af. Vervolgens ging ze stofzuigen, eerst met de grote stofzuiger, en daarna nog eens met de kruimeldief. Maar dan nog bleven er veel naalden hangen in de vloerbedekking. Die haalde ik weg, met de hand. Per tien naalden kreeg ik een cent. Ik wist altijd wel een paar gulden bij elkaar te plukken. Irma had nog meer manieren om me geld te laten verdienen: ik mocht ook sigaretten voor haar maken. Daar had ze een apparaat voor. Daar draaide je echte sigaretten mee, met filter, maar wel zelfgemaakt, en veel goedkoper. Ik kreeg een cent per sigaret. Als Irma thuiskwam, lag er een enorme berg kant-en-klare sigaretten klaar op de keukentafel. Volgens haar kon ik geen maat houden en moest ik niet zo materialistisch zijn. Dan begon ze altijd over die vijftien gulden. Toen ik nog een baby was en ze wegging bij mijn vader, stond ze met vijftien gulden op straat. Dat vertelde ze vaak. Soms vond ik het wel spannend om te horen en vroeg ik wat ze dan precies met dat geld deed, en hoe ze toen leefde. En soms dacht ik alleen: daar gaan we weer.

Een week na het bezoek van de fietsenmaker zaten we samen op de kleine bank televisie te kijken. We hadden ook een grote bank, met drie kussens, daar kon ik lekker op liggen. Maar als ik zat, zat ik meestal op de kleine naast Irma. Er was een thriller op de televisie. We hadden het nog geregeld over *Invasion of the Body Snatchers*. Dat noemde ze zelf een grote fout in de opvoeding: dat ze me die had laten meekijken. De film was een keer op televisie toen ik niet kon slapen en de woonkamer in liep om te vragen of ik even op mocht blijven. Meestal mocht dat niet, maar nu wel. Irma zat een film te kijken. In de film mochten mensen niet in slaap vallen, want dan werden ze overgenomen door een soort kwaadaardig zaad. Het duurde erg lang voor ik weer sliep. Sindsdien was Irma voorzichtiger geworden met mij laten meekijken naar films en series. Zelfs van een nieuwe serie over een groep huurlingen wilde ze samen de eerste, extra lange aflevering kijken, en daarna zou ze zeggen of ik de rest van de serie ook mocht zien. Maar in *The A-Team* bleek nooit een dode te vallen, dus dat mocht gewoon. De film die nu op tv was, was enger dan *The A-Team*, maar lang niet zo eng als *Invasion of the Body Snatchers*.

We hoorden de deur van de galerij dichtvallen en iemand aan komen lopen. Er liep een man langs het raam van onze woonkamer. 'De fietsenmaker!' Irma stak haar hand uit naar de afstandsbediening, die op tafel lag. Ze drukte op de grootste knop van de afstandsbediening. De tv sprong uit. Irma dook omlaag. Ik deed haar na. Samen zaten we gehurkt voor de tv. Ik moest eigenlijk heel hard lachen. Irma ook, maar ze hield haar rechterwijsvinger voor haar mond, en zei: 'Shht!'

De bel was al een keer gegaan, en ging voor de tweede keer, veel langer. Het was heel stil. En nog een keer, weer anders: drie keer kort, en weer lang. We hoorden voetstappen, terug naar ons raam. 'Denk je dat hij ons ziet?' fluisterde ik. De voetstappen gingen langs het huis van de buren, richting de deur van de galerij. Die hoorden we iets later dichtvallen. We gingen terug op de bank zitten. Irma pakte de afstandsbediening en zette de thriller weer op. De hele film lang moesten we grinniken.

Een paar dagen voor kerst ging de bel. Ik keek door het raampje van de voordeur, maar zag niemand. Ik deed de deur open. Er stond een fiets. Hij was nieuw, want hij blonk. Ik riep: 'Mama! Kom eens!' Irma kwam uit de woonkamer. Ze keek verbaasd. Ik had de standaard al weggeklikt en de fiets naar binnen getild. Onder het zadel stak een grote kaart. 'Voor Leon.' Meer stond er niet op. Ik ging op het zadel zitten. De fiets zat meteen goed. Ik keek Irma aan. Ze schudde van nee. De fiets moest terug, zei ze. Ik zei: 'Ik ga hem echt niet terugbrengen!' 'Dan doe ik het wel,' zei Irma. 'Ik ben niet te koop.'

Ik keek naar de fiets, die in onze gang schitterde als een sieraad op wielen. Voor één keer wenste ik mezelf een moeder toe die te koop was.

Drukke dagen

Jules Deelder

Er was eens een Kerstmannetje, ergens in een land waar ze in Kerstlieden geloofden, anders heeft het weinig zin, dit verhaal, wat ook heel leuk kan zijn, maar niet wat ons hier voor ogen staat, daar Kerstmis bij uitstek gelegenheid biedt tot nader stilstaan bij en peinzen over, als daar zijn, het treurig lot der boeren in tijden van inflatie en van ziekten onder 't vee, de zin des levens voor gevorderden, d'eenzaamheid in al haar geledingen en de schrijnende omstandigheden waaronder de minder bedeelde medemensch in het aanschijn zijns broods zijn leven moet rekken, terwijl ook het Opperwezen Zijn gerechte plaats eischt in de lange rij van hersenschimmen, dewelke ons rond Kerstmis in tal van gedaanten worden geopenbaard, ten bewijze van ons-geneigd-zijn-tot-het-goede en onze diepe lotsverbondenheid met de kansarme sectoren van de samenleving en ter sussing van ons geweten, dat na een jaar in coma te hebben gelegen, ergens in een vergeten uithoek van ons innerlijk landschap, in de donkere dagen voor Kerstmis plots overuren meent te moeten maken en in voorkomende gevallen zelfs de eetlust kan bederven, wat vooral met Kerstmis tot ernstige verstoring van het huiselijk geluk kan leiden, daar álle onder beschaafde volkeren geldende etiketten ten aanzien van de viering van het Kerstfeest maar één parool kennen: vreten tegen de klippen op, tot het ons de neus uitkomt – om van de slijter maar te zwijgen – waaraan men zich niet kan onttrekken dan op straffe van verbanning uit de knusse zithoek van het gezinsleven, hoekslag en grondsteen van onze beschaving en vaste vloerbedekking op het kronkelig levenspad, dat ons ter dood voert, ongeacht op wie we stemmen of hoeveel we rood staan; kortom het geweten, dat na de feestdagen weer met een gerust hart in donkere gangkasten of kelders kan worden weggesloten, opdat het niet slijt en we ongestoord kunnen overgaan tot de orde van de dag, waarbij we, zoals bekend, zo'n geweten kunnen missen als kiespijn, al zal het zich nooit helemaal koud laten zetten, wat op zichzelf misschien betreurensnabel is, maar desalnietteminniettegenstaande een gegeven waarmee we moeten leren leven en vandaar dan ook dat Kerstmis als periodieke uitlaatklep voor de oprispingen van voornoemd geweten zo'n krachtige steun kan betekenen bij het ontwikkelen van een voortstuwende, wrikkende beenbeweging. Doch dit terzijde. Waar het om gaat is dat dat Kerstmannetje, daar in dat land waar ze in Kerstliederen geloofden, in vele jaren trouwe dienst wel zó'n ontzzzettende pleurishekel had gekweekt aan de locale leden van het mensdom, dat hij besloot z'n rendier naar het asyl te brengen en een andere baan te gaan zoeken. Iets in het bankwezen leek hem wel wat of een leidende functie in het bedrijfsleven, een positie als vakbons of – wat kon hém het schelen – een loopbaan in de politiek, het maakte niet uit, desnoods werd hij Sinterkláás, zolang hij maar verlost zou zijn van dat slappe geouwehoer onder die kerstbomen en dat valse gezang in niet geheel van instortingsgevaar gevrijwaarde kerken over vrede op aarde en in de mensen een wélbehagen, en dat in naam van ene J. van Nazareth, die ooit in het jaar nul in een stal in het Midden-Oosten met Kerstmis het levenslicht zou hebben aanschouwd, terwijl elke Kerstman wist dat zulks weliswaar in een stal was geschied, doch géénszins in het jaar nul, maar vier jaar eerder, m.a.w. dat Christus in 4 vóór Christus was geboren en dan nog in het vóórjaar ook, dus eerder met Pasen dan met de Kerst, welk feit al jaren op last van Albert Heijn geheim werd gehouden, onder het voorwendsel dat de waarheid ten nadele van de beschaving in het algemeen en het grootwinkelbedrijf in het bijzonder zou uitpakken, met alle gevolgen van dien voor het aantal filialen van de heer Heijn en het deeltijdsgewijs-ontkoppelde-trendvolgende-onderlinggelubde-meerjarigingeschaalde-banenplanbeleid van de regering. Daarnaast deed het vooruitzicht om straks voor de 987.654.321e keer naar 'White Christmas' van Bink Rosbief te moeten luisteren het Kerstmannetje geregeld aan de diarrhee geraken. Niet dat hij wat tegen Bink Rosbief had, helemaal niet, vooral niet sinds ie dood was, want dat de vermaarde zanger – die jaren de positie van Ere-Opperhoofdkerstheer bekleed had bij z'n leven – een uitzonderlijk secreet was, leed voor het Kerstmannetje niet de geringste twijfel, maar ach, in de beste families kwam wat voor en wie was hij om zich in dezen een moreel maatpak aan te meten? Dat kon hij beter overlaten aan lieden die ervoor geleerd hadden of die zich anderszins geroepen voelden hun medemensen de les te lezen zonder te letten op de dikte van de kerstboom in het eigen oog. Neen, zoiets kwam niet in het Kerstmannetje óp. Het interesseerde hem hoegenaamd geen hól wat men uitvrat. Men moest maar doen wat men niet laten kon, als ze hem maar met rust lieten. En dat was het nou juist: dat dééd men niet! Elk jaar opnieuw was het hetzelfde liedje, 'Stille nacht/ Heilige nacht', en of hij maar zo vriendelijk wou zijn om de puinhoop met de mantel der liefde te bedekken. Eventjes maar, tot Ouwejaar, want daarna begon het weer van voren af aan, het bedrog, de zwendel en het verraad, waarin het mensdom in de loop der tijden zo bedreven was geraakt. En elk jaar opnieuw deed het Kerstmannetje maar weer of z'n neus bloedde en werd de cliënt op z'n wenken bediend, want de klant blééf koning, onder alle omstandigheden, geheel naar de letter van het Handboek Kerstwezen, de Bijbel voor iedere Kerstvakman, waar ook ter wereld. Maar aan alles kwam een eind, zelfs aan het geduld van Kerstlieden, hoe rekbaar dit beroepshalve ook zijn mocht. En rekbaar wás dat van het Kerstmannetje, o jee, daar waren verhalen van bekend, maar dat wou nog niet zeggen dat hij er geen principes op na hield, waarvoor hij niet pál stond, zo hij ze bedreigd zag. Daar was het Kerstmannetje toevallig een héle rare in! Brak hem de bek niet open! Als hij alleen maar dacht aan die keer in 1312 – 1213 kon het ook geweest zijn – in het heetst der Hoekse en Kabeljauwse twisten, toen hij moederziel alleen, slechts gewapend met een roestig nietpistool... maar laten we niet afdwalen en ons beperken tot de ware proporties van ons Kerstmannetje, dat doordeweeks één meter lang was en zondags één meter acht. Het Kerstmannetje had zelf geen flauw vermoeden waaraan hij dit te danken had, maar de oorzaak moest ongetwijfeld in het verleden gezocht worden, bij één zijner voorvaderen, en misschien dat daar ooit nog eens een zwáár wetenschappelijk onderzoek naar kon worden ingesteld, maar voorlopig had hij wel wat anders aan z'n hoofd, t.w. de formele afwikkeling van zijn voorgenomen ontslag. De vraag was n.l. of hij zichzelf de zak kon géven of dat hij die alleen maar kon krijgen van een daartoe bevoegde instantie, in casu het landelijk Bureau Kerstvaardigheid, officieel controlerend orgaan van het Globaal Kerstlieden Accoord, welks hoofdkantoor, zoals bekend, gevestigd was op een tussen Noord- en Zuidpool heen en weer drijvende ijsberg, die al menig schip noodlottig was geworden, waarvan de Titanic wel het meest tot de verbeelding sprak. Na de kwestie in alle standen uitvoerig te hebben geëvalueerd, kwam het Kerstmannetje tot de conclusie dat het hier een zaak betrof die tot op de bodem diende uitgezocht en hij begon meteen diezelfde middag nog te graven in de grond onder de vloer van de huiskamer. Maar hoe hij ook groef, hij kwam nergens iets tegen dat ook maar in de verste verten op een bodem leek. Wel bemerkte hij dat het steeds warmer werd, naarmate hij dieper in Moeder Aarde doordrong, op zichzelf geen oninteressant verschijnsel, doch op geen enkele wijze verband houdend met de kwestie van zijn ontslag. En tóch moest daar op korte termijn opheldering in worden gebracht, omdat hij vóór Kerstmis nog Kerstman-áf wilde zijn, daar hij anders vreesde de bij vlagen in hem opwellende moordlust jegens het mensdom niet langer de baas te kunnen en met bijlen een bloedbad aan te richten onder nietsvermoedende ingezetenen van afgelegen plattelandsgemeenten, of met behulp van langzaam werkende, tot een helsche dood leidende, vergiften, waarvan slechts een handjevol met uitsterven bedreigde Platvoet-indianen in een zijstraat van de Orinoco de geheimen nog kenden, kerstkransjes en andere onschuldig ogende, traditioneel met Kerstmis verbonden versnaperingen tot dodelijke wapens om te smeden en op grote schaal onder de plaatselijke schooljeugd te distribueren, met de complimenten van Bink Rosbief én van Albert Heijn én van J. van Nazareth en van wie ze verder allemaal nog mochten verzinnen. Want zó ver was het met het Kerstmannetje al gekomen, dat één keertje 'White Christmas' op de radio de druppel kon zijn die z'n emmer deed overlopen en hem kon maken tot een bloeddorstig monster, dat op gruwelijke wijze z'n wraaklust zou botvieren op volstrekt willekeurige vertegenwoordigers van het mensdom, dat hem jaar in jaar uit het bloed onder z'n nagels vandaan had gehaald, zonder het zelfs maar te vermoeden, wat het pas écht onvergeeflijk maakte in zijn ogen. Geheel doordrongen van de urgentie van het geval stak hij dan ook met hernieuwde ijver z'n spa in de grond en stootte prompt een hoofdwaterleidingbuis van een aan de onderkant van d'aardkloot vastgeplakte stad, b.v. Sydney, lek, met het gevolg dat hij – pats! – in één klap weer boven in de kamer stond, die zich snel met water vulde. Omdat hij zo klein was moest het Kerstmannetje al spoedig tot watertrappelen overgaan, waarin hij op school al nooit goed mee kon komen, gegronde reden het geïnundeerde vertrek thans haastig te ontvluchten, met achterlating van al z'n bezittingen, óók het reeds door de grootmoeder van de grootmoeder van een ongetrouwde nicht van de oom van een tante van de jonggestorven schoondochter van de vierde man van de ernstig aan veronal verslingerde tweelingzuster van een onechte broer van z'n zwager beslapen opklapbed, dat volgens antiekkenners een fortuin zou opbrengen, zo het ooit onder de hamer mocht komen, waar het onder ons gezegd en gezwegen steeds minder naar begon uit te zien. Hoewel het geenszins de aard van het Kerstmannetje was om eenmaal opgestarte projecten voortijdig te staken, moest hij toch toegeven dat verder graven in dezen geen zin leek te hebben, terwijl hij óók ieder moment de woedende inwoners van Sydney kon verwachten, die verhaal kwamen halen, wat gezien hun reputatie van crimineel begaafde cultuurbarbaren met een ongezonde voorliefde voor de bokssport geen onverdeeld genoegen beloofde te worden. Volgens het Kerstmannetje verdiende het dan ook verre de voorkeur zich met terugwerkende kracht pleite te maken, richting stad, waar best wel iemand bereid zou blijken hem de zak te reiken en waar hij sowieso moest wezen om z'n rendier in te leveren, dus dat kwam prachtig uit... Hij scharrelde wat mondkost op en vertrok, per slee, met z'n rendier ervoor, zoals hij dat sinds jaar en dag gewend was. Maar aangezien hij met zekerheid vóór Kerstmis zijn doel wou hebben bereikt, was hij rijkelijk vroeg met z'n actie begonnen, zodat nergens nog sneeuw lag, waardoor hij maar moeizaam vooruit kon komen, om precies te zijn, 13 cm per maand. Dat dit niet voldoende was om tijdig te zijner bestemming te geraken, hoefde je het Kerstmannetje niet te vertellen; dát kon hij zelf nog wel bedenken, maar bij gebrek aan alternatief moest hij zich zien te redden met hetgeen hem ter beschikking stond. Dus besloot hij er nog eens extra de zweep over te leggen, in de hoop zo z'n rendier naar een groter verzet te brengen, maar het bleef behelpen met het dier dat niet of nauwelijks op gang kon komen. Met de sterke veldkijker, die tot de standaarduitrusting van elke erkende Kerstman behoorde, speurde het Kerstmannetje de omgeving af naar een mogelijke oplossing, maar het was ál verte wat hij zag en hoewel hij an sich tegen verte niks had, begon die nu toch aardig op z'n zenuwen te werken. Het schoot niet óp zo, er moest duidelijk wat gebeuren, anders kon hij het wel schudden met dat ontslag. Met het slinken van de kans op slagen scheen het Kerstmannetje steeds fanatieker te worden. Rudolf, zoals alle rendieren ter wereld door God Zelve gedoopt waren, toen iedereen nog amateur was in de Hof van Eden, kreeg het zwaar te verduren. Onophoudelijk knalde de zweep om z'n oren, terwijl het baasje hem genadeloos voortjoeg, dágen, neen wéken achtereen, zonder te stoppen. Pas toen de poten van het dier al tot net onder de knie waren afgesleten, hield het Kerstmannetje met tegenzin halt om Rudolf de rust te gunnen die hem krachtens het Rentijdenbesluit van 1944 rechtens toekwam. Het Kerstmannetje herinnerde zich die barre winter van '44 op '45 nog maar al te goed, toen het Westen des lands gebukt ging onder honger, koude en terreur en de oude, beproefde medewerkers van het tijdschrift 'Denksport' – zij het met welhaast bovenménschelijke inspanning – toch een groot aantal puzzels, problemen en kruiswoordraadsels wisten samen te stellen. Heroïsche tijden waren dat, toen de mannen nog van ijzer waren en de schepen van hout. Kwam er eens om vandaag de dag! Het Kerstmannetje schamperde in z'n baard. Rudolf zakte van uitputting als een zak aardappelen in elkaar, volkomen buiten oosten, terwijl ook de slee moeite had om z'n ogen open te houden. En dát bedoelde hij nou! Daar moest je als Kerstman nou de oorlog mee winnen! Hij zette zich hoofdschuddend bij het traag aangloeiende, elektrische pseudo-kampvuurtje van het eveneens tot de standaarduitrusting van Kerstlieden behorende Kerststalletje en bezag onder het betrekkelijk genot van een kopje Nescafé de situatie waarin hij verzeild was in het licht van een groter verband van factoren binnen het kader van het bereik van het veld en in breed perspectief als achtergrond voor het huidige tijdsgewricht onder invloed van het ongerijmde in een hoek van 90° gerelateerd aan de variabele overhead van de afdeling dameslingerie als basisstructuur voor de toekomstige ontwikkelingen in de dienstensector. Het Kerstmannetje zag het somber in. Zonder hulp van buitenaf kon hij het wel vergeten. Een 'Deus ex machina': dát was wat hij nodig had! Een engel of zo, waar ze vroeger altijd zo vlot mee waren, in de Bijbel. Vooral rond Kerstmis en met Pasen, dan vlogen ze in rijen van vier af en aan, al die engelen. Dan kon je er als gewoon mensch niet tussenkomen. Maar nou? Geen engel te zien! Die zaten lekker boven in de hemel op hun luie reet van zijn centen. Die lieten zich heus niet meer als 'Deus ex machina' vermomd naar beneden sturen om een of ander raar Kerstmannetje uit de penarie te halen. Het was geen toneelstuk van Vondel! Het Kerstmannetje maakte een wegwerpgebaar. En God dan? Was God dan tóch dood? Dood niet nee, alleen maar verhuisd. Die kon Zijn eigen engelen al lang niet meer de baas. God was moe en kon maar niet in slaap komen van al dat geach en gewee dat van de aarde naar Zijn

Hemelsche Gewelven opsteeg. Het werd zo zoetjesaan eens tijd om de boel daar beneden op te blazen, hoewel, dat regelden de mensen zelf wel, vroeger of later. Een plaag dan maar, een vreselijke ziekte of een flinke ramp, dan hielden ze zich weer even koest en dan kon Hij misschien eindelijk de slaap eens vatten... Het Kerstmannetje balde z'n vuist naar de hemel. Uit den Hooge hoefde hij ook niks te verwachten. Nog geen sneeuwbuitje kon eraf! Hij haalde een paar pakken uit z'n slee, maar net toen hij erbij neer wou gaan zitten, meende hij vanuit een ooghoek beweging waar te nemen. Hij veerde hoopvol overeind en tuurde ingespannen in de verte voor zich. En ja hoor, dáár, een stofwolk die onmiskenbaar zijn kant op kwam! Hij legde als een volleerd Indiaan z'n oor te luisteren op de grond. Kloppetie-klop, kloppetie-klop, kloppetie-klop... Geen twijfel mogelijk: hoefgetrappel! Was dat die kwal van een Sinterklaas dan al? Die dakhaas uit Torremolinos? Dat zou betekenen dat hij nog minder tijd had dan hij dacht en dat was al zo weinig! Aan de andere kant... In het brein van het Kerstmannetje rijpte een verschrikkelijk plan. Stel dat het inderdaad de Sint was die daar aankwam en hij wachtte hem in een hinderlaag op om hem, het liefst van achteren, met de ook al tot de standaarduitrusting van elke erkende Kerstman behorende grootste maat Bahco een doodklap te verkopen, dan zou hij op Sinterklaas z'n paard nog ruim op tijd in de stad kunnen aankomen, zelfs zó ruim dattie nog wel drie keer ontslagen zou kunnen worden! Het was misschien wel sneu voor Sinterklaas, maar het leven was hard en voor scrupules was er geen plaats. Bovendien was die Sint tegen alles dik verzekerd, zo vast als een huis! En ook al wastie dat niet, tóch gingie eraan! Een geniaal plan, dat echter stond of viel met de vraag of het inderdaad Sinterklaas wás, die daar zo veel stof op deed waaien? Het Kerstmannetje greep z'n kijker en stelde hem scherp op de naderende stofwolk. Het duurde even eer hij kon thuisbrengen wat hij zag, maar toen wistie het zeker. De steek van teleurstelling die door hem heen schoot, werd onmiddellijk gevolgd door een gevoel van opperste verwondering, dat op z'n beurt weer plaats moest maken voor een allesverterende nieuwsgierigheid. Dat was geen Sinterklaas die daar naderde, welneen, dat was een onvervalste telefooncel die hem in volle galop tegemoet kwam!!! Een telefooncel, jazeker, hij mocht doodvallen als het niet waar was! In volle galop! De techniek stond voor niets meer vandaag de dag... Het Kerstmannetje kon z'n ogen er niet van afhouden. Het was een prachtig gezicht. Wat een gratie, welk een souplesse! Je hoefde geen expert te zijn om te kunnen zien dat hier een volbloed telefooncel in het spel was. Fan-tas-tisch! Ja, niet dat hij nog nooit een wandelende telefooncel had gezien, zo váák, maar nog nooit één in volle galop. Het was wonderschoon... De cel wierp zich op z'n vier hoeken hobbelend in zijn richting voort, in volmaakte balans en met een stijl waaruit een grote klasse sprak. En hárd dat het ging! Voor een telefooncel tenminste. Daar kon die Rudolf van hem, die nog steeds voor munt lag, een puntje aan zuigen. Met zo'n cel zat je helemaal zó in de stad! Daarbij zat je er nog lekker droog in én uit de wind, heel andere koek dan in die army-surplus arreslee van hem, die overigens ongegeneerd hard lag te snurken, nu hij 't er toch over had. Het Kerstmannetje gaf z'n slee een trap, die het snurken onmiddellijk stopte, al bleef de slee verder gewoon doorslapen. In de plotselinge stilte meende het Kerstmannetje een gerucht te horen. Hij spitste z'n oren... Van héél ver voerde de wind een nauwelijks hoorbaar gerinkel met zich mee. Je wist niks van hém, maar volgens hem ging die telefoon nog óók!?! Zou het voor hem zijn? Zeker weten! Voor wie anders? Hij was de enige levende ziel in velden of wegen, Rudolf niet meegerekend, want dáár was de wetenschap het nog steeds niet over eens: of dieren nu wél of géén ziel hadden? Dokter Klootoog vond van niet, Professor Wijsheid van wel, terwijl de filosoof Van Vaaghuizen volhield dat het juist de ménsch was die geen ziel bezat, waar óók wat voor te zeggen viel, vond het Kerstmannetje. Vooropgesteld dat er überhaupt zoiets als een ziel bestond? En zelfs dán bleef de vraag bestaan: wáár?? Wáár huisde dan die ziel precies in dat lichaam? In het hoofd? In het hart? In de linker knieschijf? Of was de ziel soms ambulant? Dan hier, dan daar? Of overal tegelijk?? Ja, was het zelfs denkbaar dat de ziel zich buiten het lichaam bevond, zich als het ware als een handschoen daaromheen sloot??? Een boeiende gedachte, dit laatste, en zeker de moeite waard om straks na z'n ontslag eens nader onder de loupe te nemen – reeds zag het Kerstmannetje een toekomst voor zich als moraalbioloog – maar op het moment toch minder urgent dan het antwoord op de vraag wie daar belde en waarom? Misschien het Bureau Kerstvaardigheid, dat wou weten hoe het met z'n voorbereidingen stond voor het komende Kerstseizoen? Dan kon hij meteen laten weten dat ze wat hem betrof konden ontploffen en liever vandaag nog dan morgen. Omdattie er genoeg van had en de zak nam, met onmiddellijke ingang. Het kon hem geen réét schelen of dat al dan niet mogelijk was, dat was hun probleem. Bij zijn weten was er inderdaad nog nooit één Kerstman ontslagen en zeker niet op eigen verzoek. Kerstman werd je voor het leven. Jaja, ze konden hem wat! Hij zou volgaarne de eerste wezen, geen centje pijn. Het nageslacht zou hem er dankbaar voor zijn. De eerste Kerstman uit de geschiedenis van het Kerstwezen die blijk had gegeven een eigen mening te bezitten... Het Kerstmannetje zag zichzelf al in brons vereeuwigd op de pleinen van de grote wereldsteden staan. Parijs, Londen, Sydney... Terzake. Het kon ook het Hoofdkantoor van het Globaal Accoord zélf zijn, met de mededeling dat hij in het kader van de bezuinigingen, waaraan ook het Kerstwezen niet ontkwam, ontslagen was. Dat zou hem een hoop moeite besparen en daarom alleen al leek het hem hoogst onwaarschijnlijk. Dan verwachtte hij eerlijk gezegd nog eerder bericht dat hij tot Kerstheer 3e klas was gepromoveerd. 't Zou trouwens eens tijd worden! Hij wist van vele anderen met een veel kortere staat van dienst, die het al tot Kerstheer 2e, ja zelfs 1e klas gebracht hadden, zonder iets bijzonders te hebben gepresteerd dat hij al niet tien jaar eerder had geflikt. Hij hoefde alleen maar te denken aan die keer in 1213 – 1312 kon het ook geweest zijn – in het heetst van de Ronde van Crooswijk, toen hij moederziel alleen, slechts gewapend met een petroleumstel... afijn, hij zou liegen als hij beweerde dat het hem niets kon schelen zich door anderen te zien voorbijgestreefd. Wel dégelijk! Net als dat het in de overwegingen die hem ertoe gebracht hadden het verder voor gezien te houden, natuurlijk een rol had gespeeld. Hij kon alle schuld nou wel op het mensdom schuiven, maar van de zijde van het Globaal Accoord was er óók een hoop waar op z'n zachtst gezegd geen éne pepernoot van klopte! Pardon? Het Kerstmannetje tikte zichzelf op z'n vingers. Wat hadden pepernoten er nou weer mee te maken? Kérstballen zou hij bedoelen?! Vanzelfsprekend, kérstballen, natuurlijk! Niks geen pepernoten! Voor pepernoten moest je bij die geveltoerist uit Benidorm wezen, die z.g. Goeie Sint, die er nog slaven op na hield. Schande dat die ouwe schurk door niemand ter verantwoording werd geroepen, behalve door die ene politieke splintergroepering van radicaal kruideniers in de Duitse provincie Nederland. Die beijverde zich al jaren voor de opheffing van Sinterklaas en het eerste klas reizen per trein, waartussen het Kerstmannetje nooit enig verband had kunnen ontdekken, zoals trouwens wel meer politieke kwesties voor hem volstrekt onduidelijk bleven, met name die welke gepropageerd en/of bestreden werden door splintergroeperingen in Duitse provincies als Nederland. Waarmee niets ten nadele van Duitschland gezegd wilde zijn. Integendeel! Duitschland was een prachtig land en een loyaal aanhanger van de Kerstgedachte. Daar had ook het regelmatig betreden van het oorlogspad door deze wakkere natie geen verandering in gebracht. Met enige weemoed dacht het Kerstmannetje terug aan de tijd toen hij regelmatig naar Duitschland reisde om Heil in te kopen. Dat hadden de Duitsers in overvloed, Heil, en van uitstekende kwaliteit. De Duitsers hadden het uitgevonden. Alleen jammer dat het later was misgelopen. Maar tóch, geen kwaad woord over Duitschland; Duitschland was geen Sinterklaas! Het Kerstmannetje kon zichzelf hierin slechts gelijk geven, maar niet zonder te bekennen dat hij in het geheel niet meer wist hoe hij tot deze, op zich correcte, stelling gekomen was. En daar hij de mening had dat het onder alle omstandigheden aanbeveling verdiende om bij benadering te weten waarover men sprak of hoe men erop gekomen was, achtte het Kerstmannetje thans typisch de tijd rijp een korte pauze in te lassen, teneinde, indien voorhanden, de draad van het verhaal, zo mogelijk, weer op te pakken. Waarvan akte.

Pauze

Pauzemuziek: 'White Christmas' door Charlie Parker, Kenny Dorham, Al Haig, Tommy Potter en Max Roach, zoals gespeeld tijdens een live radioshow vanuit de Royal Roost in New York City op Kerstavond 1948.

Na de pauze ging het snel. Nauwelijks was het Kerstmannetje terug in het veld, of achter hem klonk een verschrikkelijke klap. Het Kerstmannetje schrok zich een hartverzakking. Omkijkend zag hij al snel wat het was: de nacht was gevallen, alleen harder dan anders. Hij vroeg zich af of daaraan nog een speciale betekenis moest worden gehecht, met het oog op de nabije toekomst, en hij vond zelf van wel, maar omtrent de nadere invulling stond hij volledig in het duister te tasten, dat over de grond snel aangeslopen kwam. In de telefooncel – die zich kennelijk niet aan de pauze had gehouden en die derhalve een flink stuk genaderd was – flitste het licht aan. Op hetzelfde moment liep het tempo, dat al aanzienlijk verminderd was, verder terug, tot de cel nog slechts in een bedaagde wandelpas voortschreed om op een geringe verheffing in het terrein definitief tot stilstand te komen. Als een baken stond de telefooncel in de pikdonkere nacht. Hij stond erbij of hij nog nooit ergens anders had gestaan. Het bellen hield aan. Het Kerstmannetje begreep dat hij aan zet was. Die telefooncel kwam de eerste eeuwen niet meer van z'n plaats. Als de berg niet naar Mohammed kwam, moest Mohammed naar de berg. Het stond hem helder voor de geest wat hij te doen had. Ondertussen probeerde een eksteroog op één zijner tenen middels hevig steken kenbaar te maken dat het, althans volgens hém, binnenkort zou gaan sneeuwen. Voor het Kerstmannetje reden om eerst nog even de vlag uit te steken, alvorens zich richting telefooncel te begeven. Het bellen hield aan. Het was een in vele opzichten merkwaardige nacht. Het Kerstmannetje zag geen hand voor ogen. Bij het licht van een kaars vond hij een pad. Uit de richting waarin hij Rudolf vermoedde vernam hij geluiden die op de aanwezigheid van leven wezen. Voor het Kerstmannetje reden om op z'n schreden terug te keren en nóg een vlag uit te steken, alvorens zich opnieuw en nu voorgoed richting telefooncel te begeven. Het bellen hield aan. Het moest wel uitzonderlijk dringend zijn wat men hem te melden had, óf de persoon in kwestie was uitzonderlijk hardnekkig, wat zelden tot aanbeveling strekte. Het Kerstmannetje rilde. De temperatuur was dramatisch gekelderd in de paar honderd meter die hij had afgelegd. Er stak een gure wind op. De kaars van het Kerstmannetje woei uit. De telefooncel zag er behaaglijk uit. Het bellen hield aan. Het Kerstmannetje versnelde z'n pas. Op goed geluk zocht hij z'n weg door de nacht. Er hing een vreemde spanning in de lucht, die toenam naarmate hij dichter in de buurt van de telefooncel kwam. Het bellen hield aan. Nog honderd meter. Het Kerstmannetje viel voorover. In volle lengte. Hij struikelde voort. Het bellen hield aan. Het Kerstmannetje legde de laatste meters hollend af. Het bellen hield aan. Nog luttele seconden en hij zou het weten. Het bellen hield aan. Half vallend bereikte hij de cel en trok met moeite de zware deur open. Het bellen hield op. Ongelovig blikte het Kerstmannetje naar het toestel omhoog. Het was dodelijk stil. Maar... maar... zoiets kón toch niet? Wat had hij misdaan?? Waar had hij zó'n behandeling aan verdiend? Bellen, bellen, bellen en op het moment dat hij óp wou nemen... afgelopen! Het Kerstmannetje barstte in snikken uit. Hij had er zich zoveel van voorgesteld. Al z'n hoop had hij hierop gevestigd. Wat men hem ook gezegd mocht hebben, het zou van beslissende betekenis zijn geweest. En nu dit! Het was te laf voor woorden, laag en gemeen... Hij kon het toch ook niet helpen dat hij zo klein was? Ze moesten iemand van hun eigen lengte pakken! Wanhopig snikkend liet het Kerstmannetje zich op de grond zakken. Rondom de telefooncel loeide de wind. Een vreemde, haast bóvennatuurlijke rust daalde op het Kerstmannetje neer. De telefooncel zweeg. Het Kerstmannetje zuchtte diep. Z'n eksteroog stak. Hij voelde het niet. Het Kerstmannetje sliep. De tijd vergleed. Het Kerstmannetje droomde dat hij in een telefooncel zat te wachten. Tot de telefoon ging. Het Kerstmannetje schrok wakker. De telefoon ging. Hij moest op z'n tenen gaan staan om de hoorn van de haak te kunnen lichten. Het was dus geen zondag, kon hij niet nalaten te concluderen, vlak vóór hij de hoorn aan z'n oor bracht...

'Ja hallo, met wie?'

'Met Bink Rosbief. Gefeliciteerd!'

'Hoezo?'

''t Is een jongen!'

'Jézus Christus!!!'

'O, dus je wist het al?'

Pas op dat moment zag het Kerstmannetje dat rondom de telefooncel alles wit was. Oogverblindend! De werkelijkheid ging schuil onder een dikke laag sneeuw. Uit de hoorn, die hij nog steeds tegen z'n oor gedrukt hield, klonken de eerste tonen van een lied dat hij van achter naar voren en van onder tot boven in 32 talen kon dromen en waarvan hij gezworen had het nooit meer aan te zullen horen...

'I'm dreaming of a...'

Het Kerstmannetje wachtte de rest niet af. Met een vreemde blik in z'n ogen verliet hij de telefooncel en knerpte over de verse sneeuw naar z'n slee, waarvoor een wederom gans intacte Rudolf stond te blaken van zin. Uit de kist met de standaarduitrusting voor Kerstlieden diepte het Kerstmannetje twee vervaarlijk ogende bijlen op en beproefde met z'n duim de scherpte van hun blad. Wat hij voelde beviel hem. Er gleed een zweem van een glimlach over z'n kaken. Hij pakte de teugels, klakte met z'n tong en Rudolf begon geestdriftig te draven. Aan het werk, inderdaad, dacht het Kerstmannetje bij zichzelf. Dat ontslag moest maar een jaartje worden uitgesteld. Het werden vast nog drukke dagen...

Wie een kerstboom plant moet hem eerst plukken

Charlotte Mutsaers

'Zeg, hebben jullie de kerstboom al geplant? Nee? Dan mogen jullie wel opschieten, want de eindejaarsfeesten staan voor de deur.'

Een kerstboom planten, hoe vaak heb ik die uitdrukking in België niet vernomen. Hij stamt nog uit de tijd van vóór de kerstboom-met-de-kluit en aan dat planten komt dan ook geen kruimel aarde te pas. Er wordt louter mee bedoeld: het neerzetten plus optuigen van de kerstboom (opdat hij later weer geplunderd kan worden). Maar wat een beeldende manier van zeggen. Er wordt een gat in het Perzische tapijt gezaagd. De dennenwortels worden tussen tapijt en plankenvloer gevlijd. Gietertje erover. Klaar!

Alvorens de kerstboom geplant kan worden dient hij echter te worden gekocht. Ik wist niet beter of dat deden de vaders. 'Want,' zo hoorde ik mijn vader meer dan eens met stelligheid beweren, 'vrouwen hebben geen benul van hout en takken. Geen enkele vrouw legt immers een behoorlijk haardvuur aan?' Later zei iemand mij: met zo'n vader was hij dadelijk op zijn hoede geweest. Maar waarom. Meehelpen dragen mochten vrouwen namelijk wel, en aangezien mijn moeder daar geen zin in had was deze verrukkelijkste taak aller taken waar ik het hele jaar naartoe leefde, voor mij weggelegd.

Zo togen vader en ik – hij met lammy's en ik met wollen wanten (niet alleen omdat het winter was maar ook omdat dennen zich nauwelijks zonder handschoenen aan laten pakken) – jaarlijks samen naar de kerstboommarkt. In Utrecht, waar ik vandaan kom, werd die gehouden op het Janskerkhof, een passende plek voor evergreens die bruut van het leven zijn beroofd.

O, die kerstboommarkt, waarop het volgens mijn herinnering altijd sneeuwde! Het hele plein van de ene op de andere dag één golvende, geurende, groene zee met witte koppen. De keurig geplaveide bospaadjes daartussen. De bange verwachting dat er elk moment een ree of een dolfijn om de hoek kon stormen. En waarachtig, het wemelde er werkelijk van de vaders. Acht vaders tegen twee moeders zo ongeveer, en waarschijnlijk hadden die paar moeders niet eens een man. Ook veel meer zonen dan dochters trouwens.

Een ander opmerkelijk ding: er werd gefluisterd. Zelfs de kooplieden prezen hun waar heel zachtjes aan. Of het nu kwam door het imposante van zo'n uit het nachtelijk niets opgerezen stadsbos of door een atavistische jagersmentaliteit (het wild niet aan het schrikken maken), die tussen boommassa's al snel de kop opsteekt, of door de intense concentratie waarmee naar de volste, de groenste, de stevigste en toch voordeligste boom werd gezocht, men sprak even gedempt als in een begrafenisstoet. Daarboven krijsten de meeuwen.

Vaders voorkeur ging uit naar een *sportieve* kerstboom: niet te groot, niet te klein, goed gemuuskeld en robuust, en met voldoende stevige uitlopers om er veilig dertig kaarsjes in te laten branden. Hij keurde de bomen zoals een veeboer dat met koeien doet. Teneinde er de dichtheid van te bepalen liet hij zijn geschoeide hand diep tussen de stekelige takken glijden. Vervolgens liet hij de boom vlak voor zijn voeten zetten om de hoogte te kunnen meten, danste eromheen zodat hij model en gespierdheid beter kon overzien, controleerde of hij recht op zijn kruis stond, hurkte neer om te controleren of de onderkant genoeg bevleesd was, en rammelde hem ten slotte zo hardhandig door elkaar dat het wel een afstraffing leek. Als daarbij ook maar één naaldje op de grond dwarrelde, schudde hij meewarig het hoofd en wendde zich terstond tot de verbouwereerde verkoper met de woorden: 'Te droog, vriend. Helaas! Kneuzen kan men nu eenmaal niet versieren.' En voort sleurde hij me weer. Naar het volgende exemplaar. Soms waren we uren bezig en kwamen we in het donker thuis, maar nooit onverrichter zake. Ik zie ons nog met de boom door de binnenstad zeulen, Vader voorop met het kruis en ik daarachteraan als een kleine Simon van Cyrene met een paardenstaart. De trots, de heerlijke hars geur, de naalden die door mijn wanten prikten. Vader en dochter verbonden door minstens twee meter weerbarstig dennengroen. Weemoed onverklaarbaar.

Maar op een keer is het spaak gelopen. In 1952 werd mijn vader midden in december ziek. Toen moest ik er alleen op uit en ik was pas tien.

Ik kwam veel te laat. In het Janskerkhof-bos waren al bedenkelijk veel gaten gevallen en je zag meer hulst en tulpjes dan bomen. Mij restte de keus tussen schriele, reeds roestige sprinkhanen, die de naam kerstboom niet verdienden, en een Noorse kanjer van het type waarmee elk jaar de Dam in Amsterdam wordt opgeluisterd. Meer dan vijfenhalve meter mat deze boom. Maar wat moest ik. Ik koos de kanjer. De zoon van de koopman, die voor de gelegenheid als kerstman was uitgedost, bood aan om te helpen dragen. Dat was gedienstig. Desondanks deden we een vol uur over de tocht die anders nog geen tien minuten vergde. Angstvallig hield ik daarbij de richtingaanwijzer van zijn rooie muts in de gaten, wat niet verhinderde dat we overal tegenaan botsten. Elke vijf minuten puften we even uit. Beschimpt, bespot en bijna overreden kwamen we ten langen leste bij onze voordeur aan. De boom was ongeschonden. Maar nu moest hij nog naar binnen.

Ons huis bezat een ellenlange, kronkelende en duistere gang vol iconen, beeldjes en Chinese borden. Langs de wanden bevonden zich bovendien nog allerlei tafeltjes met lege jampotten, gestekte plantjes en diverse snuisterijen. Samen met een vreemde kerstman in zo'n gang leek me niets. Dus zei ik dat ik het wel alleen afkon, scheepte hem af met een rolletje drop en wachtte tot hij uit het zicht verdween.

Het was nog een hele toer om de boom zover te krijgen dat hij met zijn punt naar de halopening wees, maar ik had wel voor hetere vuren gestaan. Toen begon ik hem zo goed en zo kwaad als het kon de donkere schacht in te persen. Aanvankelijk liep dat gesmeerd. Als een speer boorde hij zich naar binnen. Doch deze speer had weerhaken en toen hij eenmaal vast zat kon hij niet meer terug. Pas op dat moment kreeg ik door dat ik het níet alleen afkon. Ik drukte op de bel. Mijn moeder verscheen in jasschort op het balkon, niet wetende dat geen enkele vrouw mij in dezen helpen kon. Wat er was. 'Onze hele Kerstmis,' riep ik, 'gaat naar zijn grootje!'

Om een lang verhaal kort te maken: Moeder haalde een bijl en heeft zich toen vloekend en tierend en met de verzekering dat ze zich honderd keer liever door een rijstebrijberg heen zou worstelen, als een razende wentelwiek naar mij toe gehakt. Dwars door het sneuvelende dennengroen. Dit was haar eerste poging tot toenadering in tien jaar. Ik stond klaar om haar om de hals te vallen. Ze duwde me terug. 'Je ruikt naar zweet,' zei ze. En toen, met een schattende blik op de geurende ravage: 'Wat een afgang!' Ik zei: 'Van wie, Moeder, van wie?' Maar ik dacht: beter een kale kanjer dan een kneus met een kop vol haar. En tegen degenen die beweren dat er geen zoeter troost bestaat dan die van de slapstick, roep ik uit: 'Vergeet het maar!'

Zijn vleugels

Tommy Wieringa

Wanneer Marcel van Os het schoolkoor dirigeerde, groeide er onder elke oksel een grote, natte pannenkoek. Droeg hij zijn wijde hemd van eerlijk katoen langer dan één dag, dan waren de zoutkringen te tellen als jaarringen in een boom.

Ik bezocht de Vrije School in Zutphen, waar de occulte dogma's van de Oostenrijkse kletsmeier Rudolf Steiner werden opgewreven tot ze fonkelden als juwelen van wijsheid. Germaanse riten als dansen rond een eik en het vuurspringen bij de viering van Sint-Michaël worden tot op de dag van vandaag levend gehouden in het antroposofisch onderwijs. De malle esoterische geloofsartikelen, de biologisch-dynamische voedingsleer en de zegenende spreuken hebben ons tot aan onze strot met walging vervuld.

Nog in 1922 sprak Steiner: 'Want zelfs de neger moeten we als mens zien, in hem is de menselijke figuur op een heel andere wijze tot uiting gekomen dan bij ons.' Een jaar later gevolgd door: 'Het negerras hoort niet in Europa, en het is natuurlijk ongehoord dat het in Europa tegenwoordig zo'n grote rol speelt.'

Die man, zijn schaduw.

Pas in het voorjaar van het jaar 2000 schrapte het bestuur van de Antroposofische Vereniging het woord 'rassenkunde' uit het lespakket en erkende het dat Steiner 'in het verleden niet kritisch genoeg bekeken is'. Mijn oude leraren zullen het deemoedig nazeggen maar Steiners troebele gedachtegoed nooit afwijzen.

Maar ik moet niet bitter zijn, dit is een kerstvertelling.

Er werd veel aan muziek gedaan op de Vrije School, zoals ook aan schilderen en houtbewerking. In het derde en vierde lesuur beitelde ik een wulpse baarmoedermond op een sokkel en in het blok daarop zong ik met de hele bovenbouw de *Matthäus Passion* in de toneelzaal. Wij waren onderverdeeld naar stemhoogte, ik zat achterin bij de lagere regionen. De anarchie gloeide ondergronds; bewakers loerden op overtredingen.

Op de estrade stond Marcel van Os. Gewoonlijk was hij een bedaarde man met een trage, kromme gang. Hij droeg een baard van oor tot oor, op zijn bovenlip groeide niets. Zijn leven was niet gemakkelijk. Wie de muze aan weerspannige menigten wil overdragen, moet hard werken en veel spot kunnen verdragen. Miskenning en onbegrepenheid zetten zich met de jaren in zijn mondhoeken af, maar wanneer hij dirigeerde, werd de geest van voodoo over hem vaardig. Dan bliksemden zijn ogen achter het nikkelen brilletje. Zijn gezicht vertrok tot een geëxalteerd masker dat smart en vervoering uitdrukte. Hij strekte zijn kromme rug, hief zijn armen ten hemel en wierp het hoofd in de nek. Hij smeet vlammende speren naar de tenoren, verhief de bassen uit hun lethargie, priemde zijn dirigeerstokje naar de sopranen die opschrokken als een volière vol gevogelte.

Het was een schouwspel waar ik lacherig van werd; nervositeit die door mijn adolescentenziel in minachting werd vertaald. Maar ik zong, en ken de woorden en melodieën tot op de dag van vandaag – *Mache dich, mein Herze, rein...*

Marcel van Os gaf ook muziektheorie. De gregoriaanse muziek werd behandeld. Ik gruwde van het gelamenteer uit de tombe en schreef er een hekeldicht over in mijn schrift. Daaronder – als een kunstenaar – mijn naam en de datum. Het was het tweede of derde gedicht dat ik schreef. Tot dan toe was mijn enige middel om weerzin uit te drukken de middelvinger geweest, nu had ik mijn arsenaal uitgebreid met poëzie. Ik was tevreden over het nieuwe instrument. Toen ik het schrift terugkreeg, wees er een bloedrode pijl naar het gedicht, met de woorden: 'Van wie is dit?' Ik sloot het schrift en besloot dat mijn haat tegen de mensen die mij ontzegden dat ik poëzie zou kunnen schrijven diep en eeuwig zou zijn.

Vele jaren later liep ik op een wintermiddag door Hoog Catharijne naar het station. In de vettige tunnels van het winkelhart van Nederland schetterde 'Feliz Navidad' van José Feliciano. In de smalle corridor bij Wim's Automatiek, waar je bamiblokken kunt eten die volgens Sylvia Kristel de lekkerste ter wereld zijn, zong een koortje. Eromheen stond publiek. In het voorbijgaan zag ik boven de toehoorders uit een arm gebaren, een dirigeerstokje in de hand. Ik hield mijn pas in en drong door de haag van mensen. De dirigent van de zijkant gezien: hetzelfde wijde hemd, dezelfde uitbundige transpiratiekringen... Hij was het: Marcel van Os. Ik stapte uit de kring naar voren en zei zijn naam. Zijn armen zakten. Het koor viel stil. We begroetten elkaar hartelijk, hielden elkaar met gestrekte armen op afstand om te zien of we het werkelijk waren. De zangers lachten, de mensen eromheen staarden naar ons.

'Ik lees je,' zei hij. 'Wat goed dat je bent gaan schrijven.'

Het gesprek verliep vluchtig, te veel publiek. Gegeneerd zei ik dat ik mijn trein moest halen. Ik liep naar spoor 3. De trein was al weg. Ik ben teruggelopen.

Van een afstandje heb ik staan kijken hoe Marcel van Os zijn zangers opzweepte. Hij was dezelfde dolzinnige voodoopriester als altijd. Ik zag nu zijn visioen van koude Europese kathedralen, zijn huivering om de onbegrepene... Eli, Eli, *lama sabachthani*. In zijn oren dreunde het orgel, regende het koor leeg als een wolk.

In *Geniale Anarchie* schrijft Boeli van Leeuwen: 'Er zijn geen lelijke mensen. Het is ons kijken dat hen vernedert. Hun schoonheid wordt hersteld door het *zien*. Waarom krijgt een mens pas zo laat in het leven dit vermogen om te zien?'

Marcel van Os had niet geloofd dat ik poëzie kon schrijven, ik had niet gezien dat de kringen onder zijn oksels geen kringen waren, maar kristallijnen afdrukken van de vleugels die hij kreeg wanneer hij de muziek over ons uitstortte. Zijn *Flügeln des Gesanges*. Pas op Hoog Catharijne vouwde hij ze voor mijn ogen uit.

Maria

Jaap Scholten

Het was kerstavond en ik voelde me miserabel. Door de regen liep ik terug naar het hotel. Het was een uur of twaalf. Tegenover het hotel liep juist een feest ten einde, dronken Spanjaarden stapten op motoren die brullend in de nacht verdwenen. Bij mijn hotel moest je aanbellen, hoe laat 't ook was, dan kwam de eigenaar of z'n vrouw opendoen. In beide gevallen voelde ik me bezwaard; de vrouw was hoogzwanger en de man hield er niet van gestoord te worden.

Met tot spleetjes toegeknepen ogen opende hij de deur. Ik knikte 'm toe, als een knecht, en ging naar boven. Op mijn kamer deed ik 't licht aan, twee tl's die in 't midden tegen 't plafond zaten. Ik keek naar het bed met de groene gehaakte sprei, trok de balkondeuren open en ging op 't balkon staan kijken hoe het feest verder uitliep. Op een of andere manier was deze dag, deze avond nog niet voorbij. De mensen die naar buiten geschommeld kwamen, maakten een hoop kabaal. Ik leunde over 't ijzeren hek en speurde naar losse vrouwen. Ik zou tenminste niet weten waarom ik anders in de regen op 't balkon stond. Hoe dan ook, aan slapen was ik nog niet toe. Op het balkon van het hotel schuin aan de overkant ontwaarde ik 't silhouet van het Japanse meisje met de grappige bril. Ik was haar die dag al tweemaal tegengekomen. Ze stond ook naar de feestverlaters te kijken. Ze was in haar pyjama en toen ze mijn richting opkeek zwaaide ik naar haar. Enthousiast, als iemand die emigreren gaat, zwaaide ze terug. We schreeuwden 'Hi!' tegen elkaar. Ik riep 'How are you' en 'How about having a drink together?' maar de woorden verwaaiden in de wind. Ze zwaaide nog eenmaal en glipte toen met haar brede lach naar binnen. Ze was twintig meter van me af maar ik had haar tanden zien fonkelen in de nacht. Ik ging mijn kamer in, waarom was ik eigenlijk naar het hotel gekomen? Ik wilde helemaal niet slapen. Ik was klaarwakker. Dat Japanse meisje was mooi, ze leek op Anja Possa, maar dan Aziatisch. Toen ik vanmiddag een toren van het Alhambra beklom daalde zij die juist af met haar vriendin. Ik knikte haar toe. Zij groette mij en liep giechelend door.

Maar wat moest ik doen? Slapen kon niet meer. Ik plofte neer op 't bed en stond onmiddellijk weer op, ik ging dat Japanse meisje opzoeken! Haar kamer was op de eerste verdieping helemaal links, dat zou ik wel vinden en als ik 't hotel niet in kwam, dan klom ik 't balkon op. Zonder jas verliet ik het hotel. Het regende nog steeds. De straat spiegelde van het water. Een mooi gezicht, een natte stad bij kunstlicht. De lampen hingen aan draden zodat ze heen en weer konden zwiepen in de wind, helemaal net of je in een film loopt. De deur van haar hotel zat dicht. Alle feestgangers waren weg, de straat was verlaten. Ik ging onder het balkon staan, 't was minstens vier meter hoog. Op de hoek was een regenpijp. Aan de voet van de regenpijp lag een berg vuilnis waar ik overheen zou moeten klauteren om bij de pijp te komen. Ik liep naar de overkant en bestudeerde de gevel; die pijp was de enige mogelijkheid om boven te komen. Het licht brandde nog in de kamer van de Japanse, maar ik durfde niet te schreeuwen uit angst dat de gordijnen achter alle ramen in de straat opzij geschoven zouden worden. Terwijl ik omhoog stond te kijken, kwam er een man in een geel regenpak de straat in gelopen. Hij zag eruit alsof hij van de inquisitie was. In z'n hand hield hij een grote takkenbezem. Z'n gele puntmuts stak scherp de lucht in. Hij ging acht meter naast me staan, op de stoep. Hij plantte de bezem voor zich, leunde erop en bleef zo staan. Hij maakte de indruk alle tijd van de wereld te hebben. Waarschijnlijk was hij van plan om die klotetoerist bij het minste of geringste bij de politie aan te geven. Zeg, moet die stoep niet schoon, dacht ik bij mezelf en had zin om 'm aan 't werk te zetten, weg van hier, oprotten. Maar na tien minuten kreeg ik er genoeg van; ik klom die regenpijp niet in met die tovenaar erbij. Ik ging de stad in, wat drinken. Ik daalde de berg af en sloeg een zijstraat in.

Daar kwam ik langs een huis waar een feest gaande was, tenminste, waar veel lawaai was en muziek klonk. Drie jongens hingen uit 't raam. Eentje zei: 'Hollander zeker.' Ze hadden smokings aan en kleurige strikken wat het ogenblikkelijk voor mij verpestte. Ik was geïrriteerd dat ze direct zagen dat ik een Hollander was. Ze waren kerst aan 't vieren. Ze waren zeer met zichzelf ingenomen, ze waren luidruchtig, ze spraken op een nare toon. Corpsballen. Ik dacht: als ik niks vind in deze troosteloze stad, geen café, geen vrouw, dan kom ik hier terug, sleur die patsers 't kozijn uit, vecht me naar binnen, gooi alle tafels en de kerstboom om, smijt nog wat schalen tegen de muur en vlucht door 't raam naar mijn hotel terug. Op die manier had ik wat achter de hand, werd 't toch nog leuk, wist ik zeker dat 't niet voor niks was dat ik de hotelbaas voor een tweede maal uit bed ging bellen. Toen ik verder liep, zei een van de jongens luid: 'Wat een eikel!' hetgeen mij sterkte in m'n voornemens. 'Eenmansguerrilla verpest kerstfeest', zouden hun ouders in *De Telegraaf* lezen. Ik voelde me goed en sterk en ik had er zin in.

Het eerste café waar ik een cognac dronk, zag eruit als een haremkamer, met tegeltjes, bogen en veel intieme hoekjes, maar geen harem. Het tweede café kon ik vanbuiten niet beoordelen door het gele matglas in deuren en ramen. Ik hoorde uitnodigend geroezemoes en ging naar binnen.

Ik zat op een bank tegen de muur en keek een beetje om me heen. Ineens stond er een schat van een meisje bij de bar. Ze had lang donker haar met krulletjes en rekende af. Terwijl ze op haar wisselgeld wachtte, keek ze mij aan. Een halfuur lang of zo. Onze blikken verstrengeld. Tegelijkertijd begonnen we te glimlachen. Ik draaide mijn hoofd weg, ik hield 't niet vol, bovendien was het onbeschoft haar nog langer aan te staren. Ik richtte mijn blik naar buiten. Dat was lastig, ik zag geen zak met dat matglas. Mijn ogen rustten op 't kozijn. Een houten kozijn, niet zo bijzonder, toch bekeek ik het belangstellend. Na 't kozijn bestudeerde ik een van mijn schoenzolen. Ik nam een slok cognac en richtte mijn blik op de bar. Juist op dat moment draaide zij zich om en keek me weer aan met die grote ogen, en opnieuw lachten we naar elkaar. Ze stond op zes meter van me af, op dezelfde plek nog steeds. Het was of m'n hoofd los op m'n romp zat. Om mij heen zaten groepjes mensen. Achter de bar lagen twee heel grote vaten. Bij de bar stond een zigeuner met een hondje. Hij lachte naar me. De barman had een schort voor. Het was schemerig en rokerig.

Het meisje zette zich af van de bar en kwam naar mij toe. Ze had een wollen trui aan met allemaal kleurtjes, die heel goed uit Peru zou kunnen komen. Ze zag er stoer uit met die trui. Ze liep op me toe en vroeg me *point-blank*: 'Es tu solo?' Dat 'solo' verstond ik goed. Ik antwoordde met een ferme hoofdknik: 'Si!' Ze vroeg of ik zin had mee te gaan met haar en haar vrienden. 'Si!' Ze legde haar hand op m'n schouder, boog zich voorzichtig voorover, gaf me een kus op mijn linkerwang, een kus op mijn rechterwang en zei: 'Ik ben Maria.' Kerstavond. Buiten regende het zachtjes. Ik leunde achterover, ogen als schoteltjes, mond halfopen en mompelde: 'En ik ben Jozef.' (Dit alles in 't Spaans natuurlijk.) We groetten de oude zigeuner aan de bar en verlieten het café. We waren met z'n vieren: Maria, een vriend en vriendin, wier namen mij direct weer ontschoten, en ik. We gingen op weg, door een doolhof van steegjes.

Maria sleepte met haar been als een kreupele. In het café was me dat niet opgevallen. Moeizaam slingerde zij bij iedere stap haar rechterbeen met een zwaai naar voren. Zou ze een houten been hebben? Ik heb 's een lift gehad van een man met een houten been. 's Morgens vroeg, aan 't begin van de Boekhorstlaan, ergens op 't platteland. Het was mistig, het gras was nat van de dauw, en ik stond er nog niet of er dook een rooie DAF uit de mist op, die ook nog 's onmiddellijk stopte. Het was de man met het houten been. Al vrij snel bracht ik 't gesprek op dat been. Ik kon mijn ogen er niet van afhouden, voor spek en bonen lag 't daar in het vooronder. De man had het been al een tijd en was er zodoende goed aan gewend. Elke keer als hij een zin beëindigde die over 't been ging, klopte hij er tweemaal op: pok, pok. Als hij naar bed ging, schroefde hij 't los, legde 't op de stoel naast het bed, zei: 'Welterusten, goede nacht' en deed dan 't licht uit. Ik vroeg me af hoe het stompje er verder bijlag en of dat niet zou jeuken, maar durfde er niet over door te vragen.

'Maria, que esta a oy jambe?' vroeg ik en wees naar haar been: 'What happened to your leg?'

'Un accidente,' antwoordde ze. Ze keek normaal, met haar aardige kop, de hele kwestie met dat been was gewoon en ongewoon tegelijkertijd. 'How, what kind of an accident?' Ze vertelde dat ze een motorongeluk had gehad. Met een off the road motor, een Yamaha XT 500. Met zo eentje had ik ook een ongeluk gehad! (Ik had nog geen drie meter op 't ding gereden of ik werd geschept door een Mercedes Benz.) Overmand door emoties nam ik haar in mijn armen, eindelijk een Spanjaard die me begreep. Had ze die motor trouwens wel zelf bereden? Of had ze als een trutje maïzena achterop gezeten, haar armen om een of andere bink geklemd? (In dat geval was haar gesleep helemaal niet heroïsch.) 'Did you drive yourself?' vroeg ik voor de zekerheid. 'Yes, sure, naturalmente,' en ze vertelde van haar verwondingen. Dat deed ze half in het Spaans en half in het Engels. Wat ik ervan opving was dat zij op z'n minst nog vijf hechtingen in haar been had en misschien ook nog enkele stukken metaal, maar daar was ik niet zeker van. Ze kon haar rechterbeen in ieder geval nog slecht gebruiken. Maar ze had dus zelf die motor gereden, die lieve tengere schat! Stoere trui, stoer meisje. Ze reikte tot aan mijn schouder. Ze had een fijn, donker gezicht met opmerkelijk blauwe ogen. Ze woonde aan de Middellandse Zee. Mogelijk hadden daar ooit blauwogige piraten aangelegd die met de plaatselijke vrouwen hadden gedaan wat zeerovers met plaatselijke vrouwen plegen te doen. Onder het luisteren keek ze zeer aandachtig en schudde dan haar hoofd, zonder iets te zeggen. Dat deed ze heel serieus, hetgeen haar onweerstaanbaar aantrekkelijk maakte. (Als men ooit ergens een serieuze indruk moet maken is dat aan te raden: zwijgen en lichtjes met het hoofd schudden, eventueel ondersteund door een stellig: 'Absoluut, absoluut.') Maria kwam uit Alicante en was voor de kerst in Granada, bij haar zus.

We betraden een oud Arabisch gewelf, omgebouwd tot bar. De vriend en de vriendin waren respectievelijk acteur en actrice. De actrice was nog net iets lelijker dan de acteur, waarschijnlijk moesten ze 't van karakterrollen hebben. Eigenlijk kan 't me geen flikker schelen of iemand mooi of lelijk is, 't is iets anders, ik weet niet wat. Maar dat die actrice zich als een soort diva gedroeg was nogal absurd, want ze was zo lelijk als de nacht.

We zaten bij kaarslicht aan zware houten tafels, middeleeuws. Toen Maria naar de wc ging legde de vriendin haar hand op de binnenkant van mijn been. Fijne vriendin, dacht ik bij mezelf. Later begreep ik dat 't vrienden van Maria's zus waren, die sterren. Het was in ieder geval zaak hen zo snel mogelijk af te schudden. We gingen van café naar café, kriskras door de Arabische wijk, trap op, trap af. Telkens vroeg Maria: 'What you wanna do?' Dan antwoordde ik: 'Be alone with you.' En dat zei ik niet alleen vanwege het grapje, maar ook omdat me dat werkelijk aardig leek. Ik had genoeg van dat niet te ontwarren gezever over film en toneel. Ik wilde dansen, de rumba, en geen seconde langer die onafgebroken woordenstroom van de twee artiesten. Ze deden me snakken naar een allesoverheersende dreun. In verband met Maria's been kon ik moeilijk over dansen beginnen. In mijn dronkenschap heb ik dat echter vermoedelijk wel te berde gebracht want na een sleeptocht van drie kwartier stonden we ineens voor de imposante gevel van een discotheek. Het had de opsnijerige allure van een mediterraan casino. Met z'n verlichte trappen verrees 't uit het duistere Granada. Maria keek me verwachtingsvol aan, zo van: 'There we are.' Ik keek om naar de vriendin die als een coyote steeds vijf meter achter ons aan hing, haar hoofd gebogen tegen de regen. We hadden haar murw, ze wilde niks meer, alleen nog maar naar huis. Eindelijk! Het had een paar uur gekost, maar toch. Enthousiast en hartelijk nam ik afscheid.

Maria en ik betraden de discotheek, een voormalig theater. Ze draaiden oude disco, John Travolta, Sister Sledge, dat soort dingen. Met twee handen streek ik mijn haar naar achteren en meteen gingen we de dansvloer op. Maria danste flink. Haar rechtervoet hield ze op de grond. Met haar linkervoet gaf ze 't ritme aan, dat haar hoofd en schouders op hun beurt weer twee keer zo snel mee sjeekte, terwijl zij haar handen op navelhoogte ronddraaide als iemand die memorykaartjes schudt. Om de zoveel seconden moest ik aan het motorongeluk denken. In 't café had Maria de precieze toedracht geschetst.

Terwijl we dansten zag ik de door felle zon beschenen straat in Alicante. Het wegdek bestaat uit rood steengruis, aan weerszijden van de weg wordt onder de gekleurde luifels druk gehandeld in groenten en aardewerk, met een straf tempo komt Maria daar aan, een stofwolk achter zich opwerpend. Ze zit mooi rechtop op de grote motor. Een gammele vrachtauto met sinaasappels draait de weg op. Alles gaat heel traag, onder die brandende zon. Na de klap is het volkomen stil, een paar sinaasappels rollen over de weg.

Maria danste nu rustig. Om de twee maten wierp zij haar hoofd naar één zijde en helde dan met haar bovenlichaam voorzichtig die kant op. Telkens als zij dat deed was ik even bang dat ze om zou vallen. Aanvankelijk sloofde ik me nogal uit en sprong rond als een idioot. Toen de diskjockey overschakelde op oude soul bedacht ik dat dat razendsnelle dansen niet erg loyaal was tegenover Maria, met haar ene poot. Ik voelde me een rund. Juist op dat moment betrad een knol de dansvloer, een witgesluierde bruid van tweehonderd pond. Ze danste met haar *best girl*, die een kop kleiner was maar voor de rest van dezelfde configuratie. Even later voegde ook de bruidegom zich bij hen. Dat was een rare kwast. Hij keek om zich heen, naar de vloer, naar 't plafond, naar de spiegels, naar de andere dansers op de dansvloer, maar zijn kersverse bruid, die zo gemotiveerd met haar dikke kont stond te zwaaien, keurde hij geen blik waardig. Ze sloofde zich geweldig uit, was flink opgemaakt, had een spierwitte jurk aan en beukte met heel haar lichaam op de dreun van de bas mee en hij stond daar maar een beetje stom naar z'n voeten te staren.

Maria en ik deelden de walging voor deze belediging aan de hartstocht. We lieten ons niet langer provoceren en stapten op. Op naar 't huis van Maria's zuster. We liepen over een lange rechte weg. Regen daalde zachtjes op ons neer.

Maria vroeg bezorgd of ik 't niet te koud had. 'No, no friyo, esta bueno.' Ik nam haar in mijn armen om haar te kussen, maar dat wilde ze niet, morgen vertrok ik weer en ze was niet gek. Goed. We gingen voort, ik liep steeds een meter naast haar om te benadrukken dat ik haar besluit tot afstandelijkheid respecteerde. De straat was eindeloos lang. We zeiden niks. Om de twee of drie stappen keken we op, lachten naar elkaar en wendden onze hoofden dan weer verlegen af. Zo liepen we de hele weg af, Maria slingerend met haar been. We gingen wel een uur of zo over dezelfde weg, met aan weerszijden hoge oude gebouwen. Maria zei nog dat ik niet helemaal mee hoefde te lopen. Ik zei dat ik dat wel deed. Je laat een vrouw niet om vier uur 's nachts alleen naar huis lopen. Haar haren waren doorweekt, bij iedere schok van het slingerende been vielen er druppels uit, die langs haar gezicht naar beneden lekten. Wanneer Maria's voet de stoep raakte, hoorde je niets bijzonders, het klonk niet als een houten been. Niets klonk trouwens nog helder, alles werd overstemd door de gestaag neerdalende regen en het gesop van onze kleren. We waren zeiknat. Al het water uit de Sierra Nevada verzamelde zich, vannacht nog zou Granada van de kaart worden geveegd. Maar Maria en ik trokken ons daar niets van aan, om de paar stappen een dappere glimlach. We verlieten de grote weg, gingen door een doolhof van straten en steegjes en stonden toen ineens, peng, voor de voordeur. Ik boog me voorover om haar een afscheidskus te geven, toen ze vroeg of ik binnen wilde komen.

Het was een modern gebouw. Onmiddellijk verdween 't geluid van de regen. Onze stappen klonken luid en hol. Het licht op de gang deed 't niet. In de zitkamer stond een ronde tafel, verder waren er nauwelijks spullen. Ook heel gewone gebruiksvoorwerpen zoals asbakken, flessen, prullenbakken, kleren of zo ontbraken. Niets duidde erop dat hier geleefd werd. De muren waren kaal, op een paar kleurenfotootjes na. We zaten zo'n beetje aan de tafel. Ik zei dat ik haar naar bed zou brengen. Dat was mijn idee, Maria toestoppen en dan naar huis. Ze vond het geen goed plan, ze wilde het niet. Ik drong aan, ze zwichtte. Ze stond 't toe onder één voorwaarde: 'No sex.' Ze keek me aan, hield haar hoofd scheef en herhaalde: 'No sex!' Ik beloofde 't. Zij ging me hinkend voor naar de slaapkamer. Daar bleek dat zij verwachtte dat ik bleef slapen.

We lagen naast elkaar in het eenpersoonsbed, het licht was uit. Maria lag op haar rug. Ik lag naar haar toe gekeerd. Haar rechterbeen lag van mij af. Ze had een ouderwetse pyjamabroek aan. Mijn handen waren onder de dekens en raakten aan 't zwerven, over Maria's buik, borsten en schouders. Het was donker, we kusten. Vrij snel gebeurden er dingen die we niet van plan waren. Pas toen ik in haar drong, greep ik met beide handen haar benen beet. Heel gewone benen, alleen een beetje dun. Ik voelde een reeks hechtingen in haar rechterbeen. De draadjes zaten er nog in. We spraken geen woord. Wat later, toen we weer naast elkaar lagen, stond Maria op en verdween.

In de badkamer, naast de slaapkamer, hoorde ik water lopen, een geiser aanspringen. Ik bleef in bed, staarde door de duisternis naar 't plafond en voelde me beroerd. Ik luisterde naar de geluiden in de badkamer. Maria nam een douche, ze waste zich. In een prachtige blauwe badjas kwam ze terug, zo mooi had zij er de hele avond nog niet uitgezien. Haar Latijnse kop, de natte gekrulde haren, het naakte lichaam onder de badstoffen ochtendjas, dat allemaal. Ze keek me aan, we konden niet bij elkaar slapen, het was niet goed, zij ging in het andere bed liggen, in de andere slaapkamer. Ik probeerde haar te vermurwen bij me te komen liggen, maar 't lukte niet. Maria ging naar de zitkamer.

In mijn onderbroek volgde ik haar die rare kale kamer in. Maria zat aan tafel en rookte een sigaret. Ze had haar schouders een beetje opgetrokken. Ik ging tegenover haar zitten. We keken elkaar aan en fronsten onze wenkbrauwen, daarna keken we naar het tafelblad, dan weer naar elkaar. Zo zaten we een tijd. Maria had haar rechterbeen over het linker heen geslagen en masseerde 't met twee handen tussen het inhaleren door. Ze had 't te zwaar belast. Ik bekeek de kleurenfoto's die tegen de muur geprikt zaten. Er stonden grote grijnzende smoelen op, vrienden van Maria's zus nam ik aan. De vriendin die eerder op de avond haar hand op mijn been had gelegd, hing er ook bij. Met haar gemene kop loerde ze zonder enige terughoudendheid de kamer in. Maria kon 't gelukkig niet zien doordat ze er met haar rug naartoe zat, anders had ze zich helemaal ellendig gevoeld. Maria stak haar derde sigaret op. Ze hield haar hoofd scheef, masseerde haar been krachtig en zag er prachtig uit. Ze belde een taxi en ik trok mijn kleren aan. We namen afscheid en omhelsden elkaar. Ik drukte haar zo stevig mogelijk tegen mij aan. Maria lachte droefgeestig.

De taxi reed de lange weg terug en bracht me tot aan de deur van het hotel. Het weer was nog steeds hetzelfde, evenals de straatlantarens die heen en weer zwaaiden in de wind. Ik drukte zo zachtjes als ik kon op de bel en deed een stap achteruit. Na tien minuten flitste het licht op de gang aan. De zwangere vrouw kwam naar beneden. Ik boog mijn hoofd en dankte haar schuldbewust. Zij ging mij voor, de brede stenen trap op, naar boven. Met beide handen aan de trapleuning sjorde zij zich omhoog. Haar haren zaten in de war van het slapen. Zeven uur in de ochtend, dat was ook geen tijd. Hier moest iemand wat aan doen, zo kon het niet langer.

Kerstmis

A.L. Snijders

In maart 1990 kocht ik twee volwassen eenden en zes eendagskalkoenen. Met deze aankoop maakte ik een voor mij zeldzaam gebaar naar de toekomst: met Kerstmis zou ik eend en kalkoen eten. De kalkoenkuikens zette ik onder de warmtelamp, want 's nachts was het nog flink koud. De volgende morgen had het lot al toegeslagen. Mijn ervaring is dat het lot meestal enkele dagen wacht, maar deze keer was het ongeduldig, ha-ha-ha. Nog buiten, in het kale ochtendlicht, vond ik dat er wel erg alarmerend werd gepiept in het schuurtje. En ja, binnen was het donker, de lamp was geknapt. Twee kuikens schreeuwden luid om technologische hulp, twee lagen zieltogend op hun zijde, twee waren kennelijk morsdood. In momenten van grote nood ben ik tot mijn verbazing vaak doortastend, en ik hing de reservelamp dan ook zonder aarzelen boven de verkleumde beestjes. De twee lijkjes deponeerde ik in de varkenstrog, want varkens zijn niet kieskeurig. Die eten ook kalkoen als het nog lang geen Kerstmis is. De vier overgebleven kalkoentjes waren al na een uurtje weer boven Jan en ik vermoed dat ze ook geen herinnering meer hadden aan het koude avontuur. (Hebben dieren herinneringen? Ja, natuurlijk, ik heb wel eens gelezen dat olifanten na zestig jaar een gemene man vermorzelden door wie ze in hun jeugd waren verwaarloosd, of – en dat lees ik liever – het leven van een brave neger redden die als jongetje van acht een bamboesplinter van 78 centimeter uit de olifantspoot had getrokken. Het laatste deel van de zin moet dan ook eigenlijk geschrapt worden, maar dat doe ik niet want ik schrap nooit, ik schrijf altijd rechtstreeks van a naar z.) Maar het was nog niet op, er volgde nog meer ellende. Na een week gaf ook de reservelamp de geest, en weer in een vrieskoude nacht. Weer een kadavertje. Dit had een educatief gevolg. Iedere ochtend naderde ik het schuurtje met kloppend hart, maar ik dacht nooit: zouden ze nog leven? altijd: zou de lamp nog branden? Philips had God vervangen. Ik realiseerde me dat ik de metafoor had ontdekt. Eigenlijk dacht ik altijd dat een metafoor een vergelijking was, maar mijn geleerde vrienden Karl Schiller en Frits E. wisten wel beter. Die schreven elkaar brieven over de metafoor en wezen elkaar op Amerikaanse publicaties over dit onderwerp. Als ik dan vroeg wat het verschil was tussen de metafoor en de vergelijking, lachten ze besmuikt en betekenisvol, en zeiden niets. Maar nu had ik ze niet meer nodig. Een boerenman die na enkele tegenslagen Lamp en Leven verwisselt, zit in de metafoor.

Ook de eenden leerden me een lesje. Ze paarden, legden eieren, broedden hun tijd vol en lieten acht kuikens het levenslicht zien. Hier nam het lot de gedaante van een ulk aan. Dat vermoed ik tenminste, want hij liet zich nooit zien. Op een ochtend waren er nog maar zeven. Dat kon, dat was mogelijk, een zwakke broeder had in de machtige strijd om het bestaan het loodje gelegd. De andere zouden sterker worden. Maar het ging door. Iedere nacht verdween er eentje (een eendje). Ik hoopte dat het een ulk op doorreis was, of dat hij genade zou tonen. Geen sprake van. Hij sloeg wel eens een nacht over en voedde zo mijn hoop, maar het eind van het lied was: slechts twee levende eendenkuikens. Ik verzon een list. In een verlaten varkenskot zette ik drie kratten op elkaar, daarop een rooster, daarboven de warmtelamp. De eendjes moesten 's nachts dan maar onder hun kunstmoeder om te overleven. De eerste ochtend na het experiment zat er nog maar één eendje in het beveiligde hok. Ik was perplex, geen spoor van braak of vernieling. De ulk was een intelligente, berekenende terrorist, voor wie ik geen partij was. Woede en verbittering, die echter omsloegen in ongeloof en vertedering toen ik zag dat het kleine, kwetsbare beestje zich door het rooster had gewurmd, anderhalve meter omlaag was geklauterd, onder een hek was doorgekropen, zich door een kier in de deur had gewrongen, vijfentwintig meter gewandeld had langs en over grote obstakels, en toen gewoon weer onder zijn levende en ademende moeder was gekropen.

Het was in dezelfde tijd dat ik op de televisie een baardige bioloog over de bodem van de Zuiderzee zag lopen waar hij het oerbos in ere wilde herstellen, of zoiets. Hij zei: 'Het is niet de vraag of de natuur zal overleven. De natuur overleeft altijd. Het is de vraag, met of zonder de mens.' Als ik kijk naar mijn drie kolossale kalkoenen met hun ondoorgrondelijke, lederen koppen, als ik denk aan het piepkleine, wilskrachtige eendje met dat prachtige snaveltje, en als ik ze vergelijk met mezelf... het is een verleidelijke gedachte: de mens verdwenen, slachtoffer van zijn succes en zijn overmoed, het paradijs hersteld. Maar het lijkt me toch cultuurfilosofie van de stamtafel. Ik houd me bij mijn eigen tuin. Ik heb het met Kerstmis niet aangedurfd. Ik heb wel kalkoen gegeten, maar vreemd, onherkenbaar, anoniem.

Een meisje of een dopgarnaal

Sanneke van Hassel

Roswita W. liep langs de hoeden naar de koffiehoek en ging bij het raam zitten. Buiten was het donker, alleen een tl-buis verlichtte de viskraam op het plein waar de laatste winkelaars een portie kibbeling naar binnen schrokten. Er kwam een dikke man aangeschuifeld. Hij zette een tas van The Society Shop op de grond, sperde zijn mond open en liet een haring naar binnen glijden.

Op haar tafeltje stond een menukaart in een plastic houder. 'Kerstspecial' stond erop in schuine letters; tomatensoep, toast met Ardenner paté en appeltaart na. Er was een hulstblad bij getekend. Om haar heen waren de tafeltjes leeg en er was geen ober te bekennen. Ze stond op en liep naar het buffet. De vitrine voor de taarten was bijna leeg, een champagnebavarois torende eenzaam naast de laatste appelpunt. Ertussen zag ze haar gezicht. Een fijn gezicht met grote ogen en korte donkere krullen, schapenhaar noemde Valk het.

Hij was niet de enige die ze deze kerst had afgewimpeld: haar vrienden had ze wijsgemaakt dat ze het een echt familiefeest vond, in het museum zei ze dat ze naar de Ardennen ging, tegen haar moeder dat ze bij Valk bleef.

Achter het buffet stond een Chinese ober, zijn glimmende schedel stak net boven de toonbank uit. 'Alleen nog koffie,' zei hij. 'We hebben alleen nog koffie.' Hij drukte op een knop. De koffie smaakte naar water. Ze dronk hem vlug, pakte haar tas en nam de roltrap.

Over de hele eerste etage schelde een kinderkoor uit de luidsprekers. IJle piepstemmetjes zongen: 'Hoe leit dit kindeke hier in de kou.' Als kind huiverde ze al om het schreien van het kerstkind en het beven van zijn ledekens. Gelukkig volgde het troostende slot: 'Ei, zwijg toch stil, sus, sus! En krijt niet meer.'

De afdeling lingerie was bijna uitgestorven. Een juffrouw op leeftijd deed beha's aan hangertjes, behendig klemde ze de paarse bandjes tussen het plastic. Ze wierp een strenge blik door haar halve brilletje. Roswita dook achter de roze dusters. Ze waren gewatteerd en hooggesloten, als die waarin haar moeder haar vroeger uitzwaaide. Naast de peignoirs stond een bak met afgeprijsde slips. Onwillekeurig begon ze deze op kleur te schikken.

De juffrouw kwam naast haar staan. 'Zoekt u iets speciaals?'

'Ik kijk alleen,' mompelde Roswita en trok haar handen uit de bak. Iets speciaals zocht ze altijd, maar tegelijk hoorde ze de stem van haar moeder die haar bezwoer de kat niet op het spek te binden.

'We gaan sluiten,' zei de juffrouw met een snerpstem en gooide de slips weer door elkaar.

Een gong galmde door het warenhuis. Mannen met op de valreep ingeslagen kerstcadeaus haastten zich van de stilgezette roltrap. Snel naar huis, naar de boom. Met lege handen stommelde Roswita achter hen aan. Op de parterre stonden flesjes parfum en potjes crème te glanzen op hun voetstuk. Klaar voor het nachtelijk bal, als in een kerstfilm waar het speelgoed 's nachts tot leven komt.

Door de draaideuren gleed ze naar buiten, de promenade op. Onder haar voeten een zee van bruinrode patronen, geaderd als cornedbeef, gevat tussen stroken zwart graniet. Rechtdoor ging ze, midden over de brede winkelstraat. Links en rechts rolden de luiken naar beneden. Een voor een werden de etalages aan het zicht onttrokken. 'Sale' stond in letters van gespoten sneeuw op de ruit van een kledingzaak. De etalagepoppen droegen kransen van slingers in kerstkleuren.

De drogist sloot als laatste af. Hij liet de lichtjes van de keramieken tafelfonteinen branden. Eromheen had hij afslankthee, voetencrème en tijgerbalsem geëtaleerd. Rechts van de drogist was een nis. Uit een nest van dekens stak het kale hoofd van een man. Vlak voor hem bleef ze staan. Hij verroerde zich niet, hield zijn ogen gesloten en zijn rug recht. Hij zag er vredig uit. Bij vorst zou hij mooi geconserveerd worden. Ze stak haar wanten in haar zakken, overwoog aan zijn voeten te gaan liggen maar de nis was te smal en het was te koud, en ze liep door.

Stugge vierkante tegels. Ze stond voor een weg waarover een enkele auto zoefde. Zonder te kijken stak ze over. In haar zak zat het envelopje met de kerstbonus. De directeur van het museum had alle medewerkers bijeengeroepen en een plastic zak van onder de tafel tevoorschijn getoverd. Tweede kerstdag ging het museum weer open. 'Dan moet het geld op zijn,' had hij met een grijns gezegd en zijn lok nog platter tegen zijn voorhoofd geduwd.

Zonder veel woorden was iedereen weggegaan, kragen op en de envelopjes weggeborgen. De meisjes van het secretariaat bleven bij de ingang praten over de uitnodigingen die ze voor kerst hadden gekregen. Diner dansant hier, soupertje daar. Hun wangen glommen.

Het stoplicht bij het kruispunt stond op rood. Ze had geen zin om te wachten en sloeg de hoek om, een lange straat in met hoge gebouwen aan weerszijden. Achter gepantserd glas blonken hallen met marmeren vloeren en lege balies. De wind blies door haar kousen. Ze zocht beschutting bij de muur en liep verder de straat in.

Een baan licht viel dwars over de stoep tot aan een statige trap. Als een loper leidde hij vervolgens naar twee glazen deuren met daarop: 'Restaurant Hosokawa'. Uit de luifel dreinde zachte vioolmuziek. Ze streek met haar want over het envelopje in haar zak en nam de eerste trede. Op de balie stond een bloemstuk met bruine kerstballen en een schaal pepermunt. Ernaast lag een kaart met Japanse karakters opengeslagen; er was keuze uit verschillende menu's die een veelvoud kostten van de pizza's op de hoek. Uit de eetzaal kwam een man van een jaar of vijftig met grijs golvend haar.

'Kan ik u van dienst zijn?' Er klonk een rochel in zijn stem.

'Ik wil graag eten.'

'U bent alleen?'

Ze knikte.

De ober nam haar jas in ontvangst en hing die aan een knaapje in de lege garderobekast. In de eetzaal had het meubilair de kleur van cognac. Hij wees haar een plaatsje aan een lage bar. Rondom een metalen plaat was gedekt voor tien personen. Bij elke stoel hoorde een vierkant bord, een kommetje van keramiek en twee houten stokjes, gewikkeld in papier.

Ze ging zo zitten dat ze de zaak goed kon overzien. Links tegen de muur stond een aquarium met kreeften te borrelen als een bubbelbad. Rechts bij het raam zaten twee Japanners, verder de enige gasten.

De ober bond haar een slab om van beige katoen die tot haar schoot reikte. Er was een gekalligrafeerd Japans karakter op gedrukt. De Japanners mochten in overhemd eten, hen was niets omgebonden. Vanachter een kamerscherm verscheen een jonge ober met lichtblauwe ogen, in zijn handen een gietijzeren theepot. 'Dries, het wordt niks vanavond,' zei hij, terwijl hij thee schonk.

Zijn oudere collega knikte mismoedig en zette een schaaltje met drie bruine sausjes bij haar bord. Hij gaf haar de kaart. 'Wat mag het zijn?' vroeg hij, voordat ze de eerste pagina had omgeslagen.

'Menu Oda,' stamelde ze. Was dat niet een Germaanse godin? In elk geval was het niet het duurste en niet het goedkoopste.

Met een reuzenschuimspaan viste de jonge ober een kreeft uit het aquarium. De poten van het beest werden bij elkaar gehouden door plastic klemmen. Zijn sprieten zwaaiden wild heen en weer. De andere kreeften lagen op elkaar gestapeld op de bodem. Ze bewogen nauwelijks.

Ze lag op Valks rug. Hij vouwde zijn armen naar achteren. Ze paste precies tussen zijn schouderbladen en hield zich stil.

'Wat heb ik hier, een meisje of een dopgarnaal?' Zijn stem trilde diep in zijn borstkas.

Ze giechelde en duwde haar gezicht in zijn nek. Ze rook opgedroogd zweet en wilde gewichtloos zijn. Hij rolde op zijn zij. Ze gleed van zijn rug en viel op het brede matras. Hij stapte uit bed, kleedde zich aan.

'Ik moet gaan,' zei hij.

Ze sloot haar ogen, haar hart bonkte in haar keel. Nu ritste hij zijn broek dicht. Nu bukte hij zich om zijn veters te strikken. Nu kwam hij weer overeind en boog zich naar haar toe. Als een Japanse strijder doorkliefde hij met gestrekte armen de lucht tussen hen. Koude handen op haar schouders. Kort drukte hij zijn lippen op haar mond. Met een kus werd ze verzegeld: geen woord tot ik terugkom. Hij pakte zijn gitaar die bij de deur stond.

'Be good,' zei hij. De klink knarste naar beneden. Hij opende de deur en denderde de trap af. Met een knal viel de deur dicht.

Ze lag verstijfd op het grote matras. Na een poosje opende ze haar ogen. Waar de gitaar had gestaan was een fles rode wijn omgevallen, boven op een gids van Parijs. Het papier dronk zich vol. Ze sprong uit bed en veegde het boekje af met een T-shirt. Ze zag de sterretjes die ze had gezet bij hotels, cafés en parken. Een ezelsoor bij het vierde arrondissement: daar zouden ze samen verdwalen in oude straten, staand koffiedrinken aan een zinken bar, haring in azijn eten in de rue des Rosiers. Ze ging op de rand van het matras zitten en wiegde heen en weer.

Schril gepiep klonk door de zaal. Met een groot mes kliefde een kok sint-jakobsschelpen op de gloeiende plaat en legde er een halve kreeft naast. Hij keerde het beest om met een tang en zette een koperen deksel over het roze pantser.

Dries kwam door de klapdeuren en zette een plankje voor Roswita neer. Er lagen zeven pakjes op, kleine bergjes rijst gewikkeld in donker blad of bekleed met visfilet. Zalm herkende ze, het donkerrood van tonijn, maar ook was er een huidkleurige filet en een die bijna doorschijnend was. Twee pakketjes waren versierd met oranje speldenknoppen.

Ze haalde de stokjes uit de wikkel en volgde de instructie op de verpakking. Bij elke poging om een pakketje te grijpen gleed de vis eraf of schoot een stokje scheef. De beste manier was de stokjes erin te prikken en ze dan in een van de sausjes te dopen. Ze probeerde een toefje groene puree. Tranen schoten in haar ogen, het prikte in haar neus en voorhoofd.

Dries, die bij de kassa stond te roken, legde zijn sigaret neer en wees op het gifgroene prutje. 'Dat is wasabi, dat moet in de soja.'

Het volgende pakketje bracht ze ongeschonden naar haar mond. Ze proefde zilte vis, zoute soja, scherpe wasabi en zoete rijst. Ze verbaasde zich erover hoe de smaken intact bleven. De vis was zacht, de rijst geurde, een voor een verdwenen de pakjes in haar mond. Het laatste was versierd met een dun reepje omelet; met lichte spijt klemde ze het tussen de stokjes.

'Heeft het gesmaakt?' Als uit het niets stond Dries aan haar tafel. 'Rauwe vis is gezond,' vervolgde hij, 'zink zit erin, goed tegen hartaanvallen,' en hij trok het lege plankje weg.

Haar moeder bracht elke maand een potje vitaminen. ‘Hier zit alles in, speciaal voor vrouwen, met extra ijzer en broccoli-extract.’ Roswita zette het op het aanrecht naast de rest van de vitaminevoorraad.

De klapdeuren vlogen open en twee Japanse koks met hoge koksmutsen op liepen naar het buffet in het midden van de zaal. Fluisterend pakten ze hun messen en sneden wortels en uien, die in plastic emmers in de koeling onder het snijvlak verdwenen. Een van hen was een jonge Japanse met een brede grijns. Haar tanden waren vierkant als de voortanden van een nijlpaard. Ze haalde een stuk vlees ter lengte van een arm uit de koeling en sneed er een dikke plak af.

Ze legde het vlees op een groot bord en nam plaats achter de bakplaat waar Roswita aan zat. Kordaat drukte ze op een knopje van de afzuigkap, het licht ging aan en er steeg een zachte brom op. Ze goot een straaltje olie op het midden van de plaat. Op de sissende en dampende olie schoof ze het vlees. Nadat het kort was gebakken pakte ze een fles cognac en deed het licht uit. Een flinke scheut droop over het vlees. Ze hield er een lucifer bij. Een blauwe vlam lichtte op tegen de zilveren plaat. De tanden van de Japanse blikkerden. Dranklucht vulde Roswita’s neus. In een handomdraai sneed haar privé-kokkin het vlees in repen en serveerde het op het grote bord.

Het was het soort vlees dat haar vader elke zondag had geëist. Grote stukken, rood van binnen. Hij kreeg als eerste en hij kreeg het grootste stuk. ‘Alsof er een engeltje op je tong piest,’ zei hij steevast. Haar moeder stond in de keuken met de afzuigkap op de hoogste stand te mopperen: ‘Ik heb net zo lief een sudderlapje.’ De olie spetterde in de pan.

Zeker drie ons vlees lag op haar bord, ze zoog het naar binnen, bijna zonder te kauwen. Het was het grootste stuk dat ze ooit had gegeten. Afgelopen zomer had ze in de dierentuin een tijger gezien die zich bezeten op een bout stortte. Hij scheurde het vlees aan stukken en kloof tot het bot-wit. Daarna rekte hij zich uit en likte zijn vacht met lange halen.

Dries haalde het lege bord weg: 'Heeft het gesmaakt?' Hij keek op zijn horloge.

Ze ruilde het ijs om voor koffie. Het kopje stond op een bruin plastic blaadje met twee pepermuntjes en de rekening. Onder het bedrag stond: 'Hartelijk dank voor uw bezoek. We zien u graag terug. Uw ober: Dries van der Klei.'

In de hal hielp hij haar in haar jas, na drie keer vond haar arm het juiste gat. Toen ging hij haar voor en hield de deur open: 'Fijne avond en pas goed op jezelf.'

De ijzige wind sloeg haar in het gezicht. De straten waren leeg en het voetgangerslicht stond op rood. De kerkklokken beierden met zware slagen, alsof er iemand gestorven was. Ze dacht aan haar moeder die nu in haar bontjas de stoet naar de kerstmis volgde. Toen haar vader nog leefde, ging ze ook alleen, met haar laktas onder de arm en tranen in haar ogen.

Roswita stond op de rand van de stoep. Het licht werd rood, groen, rood. Ze wankelde, haar tenen raakten de straat en haar armen wiekten door de lucht op zoek naar evenwicht.

Voor haar neus stopte een taxi. Zwartglimmend stond hij te ronken. Het portier vloog open. 'Zegt u het maar.'

'Zilverstraat.'

Ze ging op de achterbank zitten. Het was heet en er klonken een sitar en een nasale mannenstem. Aan de achteruitkijkspiegel hing een kransje roze anjers. De chauffeur had donkere ogen en pikzwart haar. Een licht overhemd met een beige streepje omspande zijn buik. Hij trommelde op het stuur.

'Kunt u langs de rivier rijden?'

Hij trok op en ze vlogen over het asfalt. Reclames flikkerden tegen de muren van de winkels.

De taxi draaide de boulevard op. In een kantoorflat brandde op elke verdieping een aantal lampen. Van boven naar beneden vormden de ramen een reusachtige kerstboom van licht. De restaurants op de begane grond waren gesloten. Alleen het casino was open, er stond een lange rij taxi's te wachten.

'We zijn met te veel,' zei de chauffeur.

Ze keek uit het raam naar de andere kant. De rivier lag stil als een zwarte ader door de stad. Er voer een stoomboot. Het was een boot voor feesten met een houten rad langszij. De boot deinde van de dansende mensen, de gekleurde lampjes op het dek zwiepten mee.

'Ze delen vergunningen uit alsof het visvergunningen zijn. Ik heb gelukkig goed werk van de telefoon. U bent maar een opstapper, daar kan ik niet van leven.' Via de achteruitkijkspiegel keek hij haar met zijn donkere ogen indringend aan. 'Ik weet waar de goeien zitten, dat is mijn kracht. Zij weten mijn nummer. Vanavond zitten ze thuis, is alles leuk en aardig onder de boom. Een paar gaan er straks nog wel uit, die liegen niet meer.'

Ze knikte, alsof ze het begreep.

'Waar is het feestje?' Hij stuurde met één hand.

'Ik ga naar huis.'

De boot was verdwenen in het donker. Ze reden een buurt in met hoge herenhuizen. Bij het huis van Valk brandde geen licht. Ze had hem nu precies drie weken niet gezien. Ze reden langs zijn huis alsof het niet bestond, alsof het een decorstuk was in plaats van een kast vol herinneringen, zo vol dat als je de sleutel omdraaide de inhoud over je heen stortte.

Ze kwamen aan bij de brug waar Valk haar had omhelsd en tegen de reling had gedrukt. Het metaal had zich in haar rug geboord.

'Kunt u hier keren?'

'U zegt het maar.' Hij draaide midden op de weg en zonder iets te zeggen reed hij dezelfde route terug. De boot voer haar nu tegemoet, de rij taxi's was nog even lang. Ze zag dat er naast het casino ook een nachtclub was: 'Con-Fusion', stond in roze neon op de gevel. Er was een levensgrote blauwe palm naast geschilderd.

Ze passeerden het warenhuis en de straat waar het Japanse restaurant aan lag. Omrijden was een goede manier om naar huis te gaan zonder het te merken. Ze dacht aan de monnik in zijn nis, zijn rug kaarsrecht, zijn gedachten gestold.

Ze keerden terug op de asfaltweg. Aan het eind ervan flonkerde het verkeersplein haar tegemoet. Toen ze dichterbij kwam zag ze wat er zo schitterde. De fontein in het midden van het plein was omgetoverd in een grote plantenbak vol metershoge dennen die waren behangen met gekleurde kerstlichtjes. Ze barstte in lachen uit.

'Driekwart rond graag.'

Ze reden over het plein. Als ze haar ogen toekneep liepen de kleuren in elkaar over en zag ze lichte strepen paars en roze; vonkjes groen en oranje. De mannenstem op het bandje jubelde het uit. Zijn jammerklacht was omgeslagen in een lofzang.

'Graag nog een keer helemaal.'

Ze zakte onderuit. Uit een rode Ferrari die langsscheurde dreunden zware bassen.

'U vraagt, wij draaien.' De chauffeur gaf een zwaai aan zijn stuur.

Het was of ze in een carrousel zat met rechts de Ferrari, links de pronkende bomen. Ze sloot haar ogen. Alles draaide: de directeur van het museum op de rug van een vliegende olifant, de monnik in zijn dekens en haar moeder, die met bontjas en al door de lucht zweefde.

'Het is een stille nacht,' zei de chauffeur.

De sitar klonk als een lokroep van ver. De kleuren waren verdwenen maar het bleef licht in de stad: de lantarens met hun gebogen nekken, de ramen van appartementen, de vierkante Tattoo BOB-reclame op het kruispunt, de chanoekakandelaar in de etalage van de bakker. Op het schermpje boven de radio verscheen de route. Gele lijnen vulden het beeld met patronen.

Bij de shoarmazaak was het druk, scooters duwden elkaar van de stoep en Marokkaanse jongens schudden handen en omhelsden elkaar alsof het leven één grote verjaardag was. 'Tuig.' De chauffeur schudde zijn hoofd. Twee jongens scheurden toeterend en zwaaiend voorbij.

'Hier rechtsaf.' Ze waren in de Zilverstraat.

Bij de eerste verkeersdrempel speelde haar maag op. Zalm en sojasaus. Nog één drempel.

'Bij de volgende lantarenpaal.'

De chauffeur remde en keek op zijn horloge. 'De mis komt zo uit.'

Ze haalde het envelopje uit haar zak en keerde het om in zijn hand.

'Vrolijk kerstfeest.'

'Slaap lekker.' Hij trok het portier dicht en scheurde weg.

De deur viel in het slot. Er lag een kerstkaart op de mat. Drie damherten in de sneeuw keken haar verschrikt aan, de oren gespitst, zalig kerstmis. Ze draaide de kaart om. Hij was van haar moeder.

Ze liep de trap op en opende de deur. Het rode lampje van het antwoordapparaat brandde gestaag; niet knipperen is geen bericht. Ze deed de televisie aan. Het geluid stond uit. Tientallen kaarsen verlichtten het scherm. Er kwam een koor tevoorschijn. De zangers droegen witte gewaden en keken plechtig. Ze sperden hun monden wijd open.

In de badkamer hing de gids van Parijs over het wasrek te drogen. Ze kleedde zich uit en gooide de kledingstukken in de wasmand. Toen liet ze het bad vollopen met gloeiend heet water, zo heet als ze kon verdragen. Langzaam liet ze zich zakken. Haar voeten, benen en buik kleurden rood. Ze was een garnaal, met een stevig pantser en een klein geheugen. Dicht bij de bodem dreef ze, onbeweeglijk, tot er iets langskwam om haar scharen in te zetten.

Zwarte advent

Jan Wolkers

Nooit heeft de honger zulke mooie namen gehad. Red Emperor, Peach Blossom, Rosa Copland, The Bishoff. Ik had ze al geroken voor ik ze in de gang had zien liggen, in grauwe zakken met de namen van de soorten in grote blauwe letters erop gestempeld. Ik bleef op de drempel van de hal staan en snoof een geur op die niet onder woorden was te brengen, die beelden in mij opriep van een vakantie, lang geleden, voor de oorlog nog. Ik zat weer in de zon tussen manden met tulpenbollen en pelde de bollen uit hun harde zanderige vlies, hield ze even in mijn hand en keek, voor ik ze in de mand wierp, naar hun glanzende bruine huid waar het vettige ivoorkleurige wit van het bolvlees soms doorheen kwam. Ik was zo bruin geworden van het werken in de buitenlucht dat een van de arbeiders tegen mij gezegd had: 'Als jij doodgaat word je op het negerkerkhof begraven.'

Gelijk met de klap van de achter mij dichtslaande tochtdeur ging de keukendeur aan het andere einde van de gang open en mijn vader verscheen in de deuropening. De aanvankelijk argwanende uitdrukking van zijn gezicht ging over in een milde vormeloosheid toen hij hoofdschuddend zei: 'De verloren zoon.'

Maar het was of tweeduizend jaar christendom als lood in zijn armen waren gezakt en hij niet in staat was ze op te heffen in een vaderlijk gebaar. Hij bleef staan in het vertrouwde keukenlicht dat langs hem de gang binnenstroomde en over mij heen viel vermengd met de kooklucht van kool en de geur van het rubber gasslangetje.

Toen pakte hij een zak van de stapel, opende die en toonde mij enkele bollen.

'Zover is het met de mens gekomen,' zei hij. 'We moeten ons voeden met gewassen die niet voor consumptie bestemd zijn.'

Hij trok zijn schouders op, deed de bollen terug in de zak en nam die mee naar de keuken.

'Dat is voor vanavond,' zei hij. 'Ja, het is hier geen luilekkerland.'

Ik zag dat een glimlach een poging deed de tralies van zijn gegroefd gelaat te doorbreken, zodat ik bijna mijn hand op zijn schouder legde toen ik achter hem aan liep naar de kamer.

Mijn moeder zat aan de tafel met de bonkaarten voor zich waaruit ze kleine genummerde vierkantjes knipte die ze tussen een paperclip in het kruideniersboekje schoof. Toen ze naar mij opkeek zag ik dat haar gezicht opgezet was en rood alsof ze lang in een striemende regen had gelopen.

'Zo, ben je daar,' zei ze, terwijl ze mij langer aankeek dan haar gewoonte was. Toen boog ze haar hoofd weer en knipte verder.

Ik liep naar haar toe en zoende haar op haar wang. Ze dook nog dieper in elkaar over haar bonkaarten. De neiging om de schaar neer te leggen en de natte plek op haar wang af te vegen bedwong ze.

Ik streelde haar over haar rug en zei: 'Zo, moedertje.'

'We zijn een kind kwijtgeraakt maar we hebben ook weer een kind terug,' zei mijn vader.

'Je bent in ieder geval voor kerstfeest thuis,' zei mijn moeder.

Ze vouwde zuchtend de bonkaarten samen en deed ze in een envelop.

'Je kan er niets anders meer op krijgen dan wat grauwe erwten,' zei ze.

'Dit is de zwartste advent die ik ooit van mijn leven heb meegemaakt,' zei mijn vader. 'Geen kerstboom, geen kaarsen. Het enige wat we hebben zijn bollen, suikerbieten en erwten. We gaan de ondergang tegemoet. Ik heb nog geprobeerd aan wild te komen maar het is me niet gelukt.'

Hij keek mij bijna met welbehagen aan.

'Het gezin is nu weer compleet,' zei hij.

Toen schokte ineens de dood van mijn broer door hem heen. Hij staarde met een smartelijke gelaatsuitdrukking de tuin in en roffelde zenuwachtig met zijn vingers op tafel. Daarna keek hij zuchtend naar mijn moeder die haar gezicht afwendde.

Ik schoof onhandig naar de keuken, waar ik mijn jas op een stoel gooide. Toen liep ik naar buiten.

De stoep was glad. De struiken achter in de tuin leken behangen met de antimakassars en de gehaakte kleedjes uit de erfenis van mijn grootmoeder. De appelbomen stonden met berijpte takken in de optrekkende mist. De grassprietjes van het gazon waren alle afzonderlijk zichtbaar. Er ging een grote zuiverheid en eenvoud van de tuin uit. Alsof bomen en planten met brokkelig krijt op een schoolbord getekend waren.

Ik liep naar de schraag toe waar een dikke stam op lag. Ik meende er de es in te herkennen waarin ik als kind altijd klom om op het schuurdak te komen. Ik keek naar de schuur. De es was weg. Het was een andere schuur geworden, een schuur die bijna niets meer met vroeger te maken had. Ik pakte de zaag die halverwege de stam zat en zaagde verder in het vochtige hout. Er viel oranje zaagsel op het grind.

Ik zaag mijn herinneringen aan stukken, dacht ik. Het verleden wordt verbrand. Het is beter dat er niets van overblijft, niemand heeft er iets mee te maken.

Over mijn schouder keek ik naar ons huis. Mijn vader stond achter het serreraam naar mij te kijken. Zijn mond ging heen en weer. Hij sprak met mijn moeder. Ik dacht dat hij het over mij had, maar misschien was dat niet zo. Hij scheen naar mij te lachen, maar ook dat kon een illusie zijn die door de vochtige beslagen ruit werd opgeroepen. Ik stak mijn hand naar hem op. Hij knikte een paar maal naar mij. Toen liep hij van het raam weg.

Toen ik een stuk van de stam had afgezaagd pakte ik de grote bijl en sloeg erop zodat het ijzer erin binnendrong. Daarna zwaaide ik de bijl met het stuk stam eraan boven mijn hoofd en liet hem met een klap op het hakblok neerkomen. De stukken hout vlogen alle kanten uit. Eén brok sloeg tegen mijn scheenbeen. De pijn zette zich in mijn lichaam voort als een warme gloed, zoals ik vroeger als kind wel door mijn lichaam voelde stromen als er een verjaardag of een feestdag ten einde was zonder dat ik straf gehad had en 's avonds bij de nachtzoen zei: 'Heerlijke dag gehad!'

Achter de deur bleef ik dan luisteren en als ik iemand

van de familieleden hoorde zeggen dat ik toch zo'n dankbaar kind was, rende ik naar boven terwijl een gloed die ergens in mijn borstkas begon zich door mijn lichaam uitbreidde. Op mijn kamer maakte ik dan onhandige wilde bokkensprongen tot ik vermoeid op mijn bed neerviel en boven op de dekens met mijn kleren aan in slaap viel.

Ik moest ineens lachen. Geleund op de steel van de bijl keek ik omhoog. De mist was opgetrokken. Achter de berijpte takken van de appelboom zag ik het blauw van de hemel als een legpuzzel die maar even aangeschoven behoefde te worden om in elkaar te passen.

Die avond, na de maaltijd van bloembollen en kool, las mijn vader de gelijkenis voor van de verloren zoon, waarmee hij, zonder dat hij het zich bewust was, ook zijn eigen tekortkoming bij de begroeting van die middag aangaf, toen hij las: 'En toen hij nog verre van hem was, zag hem zijn vader en hij werd met innerlijke ontferming bewogen, liep naar hem toe en viel hem om de hals en kuste hem.' Nog voor hij het lezen beëindigd had sloeg hij de bijbel dicht. Hij keek mij aan en liet vervolgens zijn blik langs mijn broers en zusters gaan, terwijl hij de laatste twee regels opzei: 'Want deze uw broeder was dood en hij is weder levend geworden. Hij was verloren en is gevonden.'

Ik kon thuis niet meer aarden, ik was te lang weg geweest. Ik liep maar doelloos door het huis, van mijn zolderkamer, waar het te koud was om lang te blijven, naar beneden. In de schuur pofte ik een bloembol boven het olielampje. Voorzichtig sneed ik een klein stukje uit de zwartgeblakerde bol. Maar hij smaakte niet. Ze waren ongekookt niet te eten. Ik wierp hem weg in de tuin, in de hoop dat er van het voorjaar een zwarte tulp uit zou groeien. Soms hakte ik wat hout of stond uren achter de grauwe versleten vitrages in de voorkamer over de straat uit te kijken. Tussen de stenen groeide okerkleurig gras. De weinige mensen die langskwamen sjouwden met jutezakken, waarin, naar de bultigheid te oordelen, wel suikerbieten zouden zitten. De buren herkende ik nauwelijks, zo vermagerd waren ze. Het was of ik tien jaar weg was geweest en de straat met zijn bewoners in die tijd oud en grauw was geworden. Ik keek met wanhoop om me heen maar ik kon niet meer weg, ik wist dat ik hier moest blijven. Er was geen kans meer om te ontsnappen. Voor me, aan de overkant van de straat, de dichtgeplakte etalages van de winkels. Als ik me omdraaide, de witte magere gezichten van mijn broers en zusters. Ik was de oudste nu, ik voelde dat er een grote verantwoordelijkheid op mijn schouders rustte, dat ik iets moest doen. Maar wat? Ik kneep mijn ogen dicht en dacht na. Alle misdaden die ik zou kunnen doen om aan eten voor het gezin te komen schimden door mijn hoofd. Ineens hoorde ik in gedachte het snotachtige geluid weer van de kalkoense haan, dat ik gehoord had toen ik, op weg naar huis, langs het grote buiten was gekomen. Ik haalde ongemerkt de prismakijker van mijn vader uit de kast, een van de weinige voorwerpen die nog niet voor eten geruild waren, en ging naar boven.

Terwijl ik de trap opliep bedacht ik dat kalkoenen de enige dieren waren die wrokkig en somber zijn en altijd in begrafenisstemming schijnen te verkeren. Ze hebben niet eens veren maar zijn bedekt met stukken verbrand papier en ze lopen rond met een walgelijk decolleté vol ziekte en ellende, een klonterige samensmelting van kanker en aambeien.

In mijn kamer deed ik het raam open. De kou benam me bijna de adem. Over de huizen keek ik naar het buiten, maar het griendhout was een grijs scherm, waaruit zich, ook nadat ik de kijker voor mijn ogen had gebracht, geen stam losmaakte. Toen ik het raam gesloten had zag ik dat de glazen van de kijker beslagen waren. Ik veegde ze af met de binnenkant van mijn trui maar deed geen nieuwe poging de verte te doorgronden. Ik haalde een oud kussen van de tussenzolder en bond aan een van de punten een lang touw dat ik over een balk in de punt van het dak wierp. Ik trok het kussen omhoog en zette mijn voet op het uiteinde van het touw. Daarna haalde ik mijn zakmes uit mijn achterzak en knipte het open. Als een roofdier dook ik in elkaar, het mes hief ik dreigend op. Toen liet ik het touw onder mijn voet vandaan wegglippen. Nog voor het kussen de grond bereikt had was ik erop gedoken en had het mes tot het heft erin gestoken. Ik herhaalde deze oefening verscheidene keren, wat op den duur een erg natuurgetrouwe uitwerking had want het kussen was gevuld met veren die aan alle kanten door de gaten kwamen puilen.

Toen ik uit de tuin het geluid van zagen hoorde komen liep ik naar het raam. Van bovenaf zag ik pas hoe grijs mijn vader geworden was. Hij leek berijpt als de struiken om hem heen. Met de zaag probeerde hij een veel te dikke stam door te zagen. Ik rende naar beneden, haalde de trekzaag uit de schuur en liep naar hem toe. Met een goedkeurende blik pakte hij het andere handvat aan. Terwijl we zaagden en hij mij naar zich toe trok en ik hem, kroop een onaangenaam gevoel via mijn om het handvat geklemde vuist mijn lichaam binnen, dat zich bijna als schaamte achter mijn wangen nestelde. Ik kreeg het gevoel of we met iets obsceens bezig waren. Ik sloot mijn ogen, waardoor ik niet merkte dat de stam bijna doormidden was en ik naar voren vloog toen het stuk hout eraf viel. Een hevige pijn schoot door mijn lendenen. Met mijn handen van achteren tegen mijn heupen gedrukt boog ik langzaam op en neer.

Mijn vader keek met een mengeling van bezorgdheid en geïrriteerdheid over mijn onhandigheid naar de pijnlijke uitdrukking op mijn gezicht. Toen keek hij ineens naar mijn lichaam en vroeg verwonderd: 'Wat heb jij in hemelsnaam uitgevoerd?'

Ik keek omlaag. Mijn trui en broek zaten vol kleine witte donsveertjes. 'Het lijkt wel of je met de engel geworsteld hebt,' zei hij.

Die avond ging ik vroeg naar mijn kamer. Nadat ik van papiertouw een strop had gemaakt en die naast mijn geopende zakmes op tafel klaar had gelegd, ging ik gekleed op bed liggen wachten tot de avondklok in zou gaan. Het was mijn enige kans, overmorgen was het kerstfeest. Ik wilde het beest levend in handen zien te krijgen en het in de schuur opsluiten zodat mijn vader het de volgende dag zou kunnen doden en plukken. Ik zou moeten zeggen dat ik hem van een vriend gekregen had, want als mijn vader zou horen hoe ik eraan was gekomen zou hij in staat zijn mij met het beest terug te sturen.

Als ik aan het onrechtmatige van de daad dacht die ik wilde gaan doen, haalde ik me de bleke gezichten van mijn broers en zusters voor de geest en mompelde: 'Nood breekt wetten.'

Maar zou de nood ook in staat zijn om in mijn herinnering het tegeltableau te breken dat vroeger bij ons op school hing in het trappenhuis en waarop tussen gestileerde reigers stond: WEES GOED VOOR DE DIEREN. SPAAR DE VOGELS. Ik was dat altijd trots en met het hoofd fier rechtop voorbijgelopen omdat het een van de weinige geboden was die ik nooit overtreden had. Mijn klasgenoten hadden mij in die tijd zelfs schimpend, met een variant op de bijnaam van Floris de Vijfde, 'der meerlen God' genoemd, omdat ik bezeten en koortsachtig de nesten in de buurt van onze school beschermde tegen eierroof. Ik ging er vroeger voor naar school en was de laatste die de klas binnen kwam. Op een woensdagmiddag toen ik de nesten aan het controleren was vond ik een stervende kat in het bos. Ik knielde bij hem neer. Onder zijn kop schoof ik mijn hand waar hij steeds in probeerde te bijten omdat hij zo'n pijn had. Er kwam slijm uit zijn bek. Huilend bleef ik bij het dier zitten tot hij gestorven was. Daarna bedekte ik hem met bladeren en besloot de volgende dag terug te komen om hem te begraven. Ik veegde mijn hand aan het mos af. Toen ik het bos uitliep zag ik dat op het bruggetje een jongen uit mijn klas zat die treiterig in het water staarde. Ik keek over zijn schouder en zag dat de nog kale jonge merels uit het nest in de hulstboom opzij van het bruggetje in het water dreven. Zonder mij te bedenken sprong ik in de sloot en greep de kleine diertjes. Maar het waren vleeskleurige levenloze zakjes vol darmen die ik in mijn handen hield. Ik legde ze op de rand van het bruggetje en keek de jongen aan. Hij was in gebukte houding blijven zitten en loerde naar me met ontsteltenis en bewondering, omdat ik zomaar in het water was gesprongen, maar ook met spot, omdat ik tot mijn knieën in de modder stond. Ineens sloeg ik mijn arm om zijn hals en beukte met mijn vuist zo hard op zijn hoofd dat ik zijn hersens meende te horen bonzen. Daarna zette ik mijn tot een klauw verkrampte hand in zijn gezicht en terwijl ik zijn hoofd van mij af duwde haalde ik mijn nagels van boven naar onder eroverheen. Er ontstonden witte sporen op zijn voorhoofd en wangen die zich met bloed vulden. Toen ik naar de kant waadde rees er een ijskoude rust in me, want ik wist dat het gevecht nog moest beginnen. Het was een jongen die een paar keer was blijven zitten. Hij was een hoofd groter dan ik. Maar toen ik naar hem toe liep draaide hij zich om en rende weg. De volgende dag kwam hij niet op school en ook de dag daarna niet en nooit meer. Een paar weken later kwam de meester met een ernstig gezicht zeggen dat hij aan hersenvliesontsteking was gestorven. Ik wist dat het mijn schuld was, dat ik hem vermoord had. Ik staarde steeds naar zijn lege plaats in de schoolbank. Op den duur kon ik het niet meer uithouden en vertelde alles aan de meester, van het verdrinken van de vogeltjes en het harde slaan op zijn hoofd. Maar de meester lachte, klopte mij bemoedigend op mijn schouder en zei dat je van een klap op je hoofd geen hersenvliesontsteking kon krijgen omdat het een infectieziekte was. Maar helemaal gerustgesteld was ik toch niet. Ik wist zeker dat er iets in hem geknapt was toen ik zo hard op zijn schedel sloeg.

Ik stond van het bed op en trok mij een paar keer op aan een balk. Ik deed nog wat gymnastische oefeningen om straks het avontuur in zo goed mogelijke conditie te beginnen. Daarna liep ik de voorzolder op en luisterde aan het raam. In de verte hoorde ik het zich verwijderende gekletter van velgen op de straatstenen, wat me verwonderde, want de fietser moest geen hand voor ogen kunnen zien, de mist zat als melkglas voor het raam. Ik wachtte enige tijd tot het geluid weggestorven was en de stilte volkomen werd. Toen liep ik naar mijn kamer terug, verwisselde mijn schoenen voor tennisschoenen en stak het mes geopend in mijn broekzak, met het scherp van de snede naar beneden. De strop liet ik liggen. De gedachte aan wat ik daarmee zou kunnen doen vervulde mij met afschuw.

De mist was zo dik dat ik de tuinhekjes met mijn vingertoppen aftastte om niet van het trottoir af te raken of tegen een lantaarnpaal te lopen. In de verte hoorde ik een Duitser aankomen. Het klikken van het ijzeren zoolbeslag klonk gedempt, alsof de soldaat het geluid van zijn voetstappen onder een glazen stolp met zich meevoerde. Toen ik er zeker van was dat hij aan de overkant van de straat passeerde, liep ik door.

In het bos moest ik op het gehoor lopen. Kraakten er takken en dorre bladeren onder mijn voeten, dan wist ik dat ik van het bospad was afgeraakt. Ik kwam heel langzaam vooruit omdat laaghangende takken pas op een handbreed van mijn gezicht af opdoemden uit het niets. Zolang ik kans zag op het bospad te blijven liep ik geruisloos. Ik had alleen gevaar te duchten van iemand die hier roerloos op wacht zou staan. Maar dat zou een verschrikking zijn. We zouden elkaar pas zien als we de warmte van elkaars adem zouden kunnen voelen. Een van ons beiden zou dan misschien wel doodvallen van schrik.

Op het midden van de brug naar het eiland waar het pluimvee in hokken was ondergebracht, bevond zich een hek met uitstekende latten opzij, waar spinnenwebben van prikkeldraad over waren gespannen die tot aan het water reikten. Tevergeefs probeerde ik erlangs te komen. Toen keek ik naar boven om te zien of het mogelijk was over het hek te klimmen. Ik hield mijn adem in en rilde van opwinding. Vlak boven mijn hoofd op het hek zag ik de silhouetten van twee kalkoenen. Hoe lang ik stilstond voordat ik die sprong omhoogdeed, weet ik niet meer. Maar toen het gebeurde, waanzinnig, met mijn magere handen uitgestrekt naar dat warme vogelleven daar omhoog, was de lucht ineens vervuld met onhandig gefladder. Daarna een plons, wanhopig geplas en een weemoedige kreet die eindigde in een klein gorgelend geluid alsof een fles die in het water gedreven had door de rimpeling onder was gekomen en nu volliep. Ik had het gevoel of het ijskoude slootwater dat tussen de veren van de vogel omhoog moest kruipen ook tussen mijn huid en kleren omhoogschoot en mij naar de strot sprong. Ik boog over de brugleuning heen en meende grote kringen in het water te zien die een ruisend geluid voortbrachten als van een grammofoonplaat die niet afslaat.

Toen zag ik ineens de andere vogel die in elkaar gedoken op de brug lag en die verlamd van schrik van het hek moest zijn gevallen. Ik liet me boven op hem vallen, greep zijn kop vast en drukte zijn snavel dicht om hem het schreeuwen te beletten. Ik voelde aan de kleine kop dat het een hen moest zijn. Ik was daar tegelijkertijd blij en droevig om. Blij, omdat ik nu niet zo'n in staat van ontbinding schijnende blauwgrijze kop vol wratten en lellen van een kalkoense haan in mijn hand gedrukt hield. Maar droevig, omdat een hen er niet zo walgelijk uitziet dat de doodstraf voor het beest er het onvermijdelijke gevolg van moet zijn. Ik pakte de vogel op en drukte hem stevig tegen mij aan. Terwijl ik naar huis liep verwarmde het dier mijn borst en dat vervulde mij met schaamte, want ik was er de oorzaak van dat hij al zijn lichaamswarmte zou verliezen.

Nadat ik de schuurdeur zorgvuldig achter me gesloten had, zakte ik bij de werkbank een beetje door mijn knieën en liet de kalkoen los. Hij viel om, zijn kop sloeg tegen het bovenblad. Ik betastte de vogel. Hij lag op zijn zij en bewoog niet. Ik haalde het olielampje van de muur en stak het aan. Voor me lag als een blauwgroene vloek een pauw. Hij was dood, er kwam bloed uit zijn snavel. Ik had mijn hand te stevig om zijn kop gehouden. Zijn staart was uitgevallen. Alleen bij het ondereinde van zijn rug zaten nog enkele langere veren met ogen. Ik trok ze uit en legde ze opzij. De kleine pluimpjes boven op zijn kop waren geknakt. Ik probeerde ze recht te strijken maar het bleef een verlept miniatuurboeketje. Zijn ogen waren geopend en leken nog donkerder door de kleine roomwitte vlekjes eromheen. Ik huiverde toen ik eraan dacht dat hij misschien zijn ogen niet had kunnen sluiten om te sterven omdat mijn vingers ertegen gedrukt zaten. Ik pakte de oogvliezen tussen twee nagels een voor een beet en trok ze dicht, waarna de vogel pas echt dood leek. Ik dacht eraan dat ik hem nu zelf zou moeten plukken want als ik hem zo liet liggen zou niemand ervan willen eten. Ik zette het lampje op de grond, spreidde er een jutezak voor uit en ging de vogel daarop plukken. Toen hij half kaal was zag ik dat er kleine luisachtige beestjes snel over zijn huid liepen naar het gedeelte dat nog bevederd was. Ook liepen er sommige op mijn handen. Ik veegde ze eraf en stroopte mijn mouwen op.

De schepselen verlaten het snel afkoelende hemellichaam, dacht ik. Mijn in de veren graaiende vingers zijn voor hen de ruiters van de Apocalyps.

Toen de vogel helemaal kaal was legde ik hem op de werkbank en sloeg met afgewend hoofd het kopje eraf met de bijl. Ik legde het bij de staartveren. Daarna hakte ik zijn poten eraf die ik op de grond tussen de veren wierp waar ze in wegzakten als in een overdadig schuimend sop. De jutezak pakte ik met de vier punten bij elkaar en begroef de veren in de brandgang. Ik ging de schuur weer in, pakte het kopje en de staartveren en sloop het huis binnen. In de keuken bleef ik luisterend staan maar het was doodstil in huis. Ik liep de kamer in en stak de veren in een vaas op de schoorsteenmantel die al vol stond met pauwenveren. Op de tussenzolder gekomen, klom ik de ladder op naar de vliering en streek een lucifer aan. Ik pakte een glazen stolpje, blies het stof eraf en zette het pauwenkopje eronder. Bij het laatste licht dat de lucifer verspreidde, zag ik nog net dat het kopje vol kleine beestjes zat. Er waren er zoveel dat de veertjes erdoor bewogen, de oogvliezen waren ermee bedekt. Ik zette het stolpje op zijn plaats, klom van de ladder af en ging mijn kamer binnen. Ik was doodmoe. Ik liet mij op bed vallen waar ik met mijn kleren aan boven op de dekens in slaap viel.

De kersttafel zag er feestelijk uit. De kalkoen was goudbruin gebraden en verraadde niets van zijn oorspronkelijke kleur. Mijn zuster had zelfs papieren manchetjes met franje om de poten gestoken en takjes hulst op de rand van de schotel gelegd. Mijn moeder had een salade gemaakt van geraspte suikerbiet, het laatste scheutje azijn en een appel die zij van een vriendin gekregen had. De bloembollen leken op gepofte kastanjes en aan de jus was niet te zien dat de vogel in een mengsel van vaseline en ranzig rundvet was gebraden. Mijn vader vouwde zijn handen voor het gebed. Ik sloot mijn ogen niet maar keek naar de tafel, naar het gebraad. Toen dwaalde mijn blik naar de schoorsteenmantel. Tussen de jaren oude verschoten veren stonden de veren die ik erbij gezet had uitdagend fris, met een prachtige blauwgroen fluwelen gloed in hun donkere ogen. Ik keek opzij naar mijn vader omdat zijn stem even haperde. Hij had mijn blik gevolgd en keek mij aan met een duister vuur in zijn donkere ogen. Hij bleef mij aankijken terwijl hij verder bad: 'En leid ons niet in verzoeking. Maar verlos ons van den Boze. Want U is het Koninkrijk, en de kracht, en de heerlijkheid. Tot in der eeuwigheid.'

Krantenwijk

Joost Zwagerman

Ik was vijftien jaar en mijn vader en moeder hadden maandenlang gezeurd dat ik eens een scholierenbaantje moest gaan zoeken. Ze vonden het noodzakelijk dat ik erachter kwam wat werken was. Ik koos voor een krantenwijk. Mijn ouders hadden het liefst gezien dat ik een dagblad zou rondbrengen, maar dat had ik ze uit het hoofd weten te praten. Eens per week, op donderdagmiddag, zou ik het *Alkmaars Weekblad* gaan bezorgen.

Ik moest me opgeven bij het Centraal Kantoor van het *Alkmaars Weekblad*, achter het Waagplein. Ik werd op een wachtlijst geplaatst. Anderhalve maand later kon ik mij er opnieuw melden. In een kleine kamer met schrootjeswanden zoals we die bij ons thuis ook hadden zat achter een grijs bureau een man die me drie formulieren liet ondertekenen. De man had donkerrode wangen. Het was het soort rood dat je niet krijgt als je bloost maar als je je adem te lang inhoudt. Post, heette de man. Dat stond te lezen op de drie formulieren.

Meneer Post droeg een bril met een donker, zwaar montuur. Op beide glazen waren vlokjes roos gedwarreld. 'Nou jongen, je boft,' zei hij. 'Je krijgt wijk F uit rayon 21.'

Even zweeg meneer Post veelbetekenend, rommelde toen opnieuw met wat paperassen en zei: 'Dat zegt je natuurlijk niets, maar dat is in het Hoefplan. Ken je die wijk?' Als hij het juiste formulier had geïnspecteerd, had meneer Post kunnen zien dat ik aan de rand van het Hoefplan woonde.

'Dat komt dan goed uit.'

Uit een bureaula pakte meneer Post een gestencild plattegrondje van de stad. Met fosforescerende merkstift omcirkelde hij het Hoefplan.

'Dit is rayon 21. Wijk F is een grote wijk van 360 adressen.'

Ik rekende snel uit wat ik zou gaan verdienen. Vier cent per bezorgde krant, dat is ongeveer... veertien gulden en nog iets.

'Weet je waarom je zo boft? In wijk F staan de drie flats aan de Honthorstlaan. Dat is tachtig kranten per flat. Je roetst die kranten zo in de rij brievenbussen beneden in de hal. Je hoeft niet eens al die galerijen af. Als je in de buurt van het Hoefplan woont, dan ken je die flats natuurlijk wel. Het zijn die drie kanjers aan het water.'

Ik had nauwelijks meer iets gehoord nadat meneer Post de Honthorstlaan had genoemd. 's Avonds was ik weleens langs de flats gefietst.

'Daar moet je toch mee in je sas zijn, jongen. Of niet?' Ik vroeg me af of mijn gloeiende wangen inmiddels net zo rood zouden zijn als die van meneer Post. Ik knikte haastig.

'Fijn zo,' zei de ander.

Meneer Post schudde mij de hand. Ik voelde een handpalm die warmer, klammer was dan de mijne. De aanraking ervan was onaangenaam. Ik had het angstige idee dat wij met deze handdruk ons beider zwakte onvrijwillig uitwisselden.

Thuis bracht ik m'n vader en moeder zo onverschillig mogelijk op de hoogte van de mij toegekende wijk.

Je hoefde er niet eens te zijn geweest. Wie weleens de telefoonnummers draaide die je kon lezen in de geheimzinnige mini-advertenties in die ándere streekkrant, het *Noordhollands Dagblad*, leerde algauw dat minstens de helft van de bordelen in Alkmaar te vinden is in de flatgebouwen aan de Honthorstlaan, 'de drie kanjers aan het water'.

Tweeënhalf jaar lang bracht ik wekelijks de krant rond in wijk F van rayon 21. Ik kwam te weten dat mijn wijk acht bordelen telde, verdeeld over de drie flatgebouwen. De betreffende huisnummers kende ik inmiddels vanbuiten.

Ik had het niet verwacht, maar een krantenwijk ontspande. Je liep anderhalf uur rond, fiets aan de hand en met een overgewicht aan papier op de bagagedrager, en omdat je huis aan huis moest bezorgen en niemand natuurlijk echt op het weekkrantje zat te wachten, kon je straffeloos suffend en mijmerend het adressenbestand afwerken. Ik begon altijd met de laagbouw. Tuintje in, tuintje uit; hekje open, hekje dicht. Ik beklaagde mijzelf niet en vond de eentonigheid van het kranten bezorgen wel iets meditatiefs hebben.

De drie flatgebouwen bewaarde ik voor het laatst. In de hal van iedere flat hingen de tientallen metalen postboxen, pal naast de liften. Ik sleepte een in plastic verpakte baal kranten mee naar binnen, en omdat ik er iedere week meer handigheid in kreeg, was het afwerken van de postboxen in de flats uiteindelijk een kwestie van minuten.

Achtmaal haperde mijn hand. Dan werd ik keer op keer overvallen door een vredige toewijding. Eerbiedig deponeerde ik een moment later een exemplaar van het *Alkmaars Weekblad* in het boxje van een van de relax-adressen. Het stemde me tevreden dat ik, hoe zijdelings ook, de meisjes en vrouwen een dienst verleende in plaats van naar hun gunsten te dingen. Ze moesten zich daarboven, op de vierde, vijfde en achtste verdieping, toch weleens vervelen? En het was toch heel goed denkbaar dat zij om de tijd te doden af en toe wat neusden in de nieuwe editie van het Alkmaarse sufferdje?

Intussen kon ik het niet nalaten om iedereen die de hal van de flat in- of uitliep te taxeren. Als een man de lift uit kwam, keek ik op en dacht: bewoner of bezoeker? Was het een vrouw, dan durfde ik haar nauwelijks aan te kijken. Een in zichzelf mopperende Surinaamse die een kinderwagen de lift in manoeuvreerde; twee luid schetterende meisjes die de galerij af kwamen lopen en de buttons op elkaars spijkerjacks vergeleken; een haastige dame met een indrukwekkende bontmuts op, een zacht tinkelende sleutelbos in haar gemanicuurde hand; welke vrouw mij ook passeerde, altijd vroeg ik mij af of het misschien dezelfde was met wie ik die week, wanneer mijn ouders niet thuis waren, had getelefoneerd en bij wie ik met een tot volwassenheid vervormde stem naar 'de prijzen' had geïnformeerd. Als ik niet alleen krantenjongen was maar ook nog eens iemand die naar bordelen belde, waarom zou het dan niet een moeder, een meisje in spijkerjack of een dame met een bontmuts kunnen zijn die mij als hoerenmadam telefonisch te woord had gestaan?

Tussen kerst en nieuwjaar ging ik de driehonderdzestig

adressen van mijn wijk af met in mijn binnenzak evenzoveel kaartjes waarop stond: *Het Alkmaars Weekblad wenst haar lezers een voorspoedig 1979.* Nadat ik had aangebeld probeerde ik iedere keer een gezicht te trekken dat de gewenste voorspoed zou benadrukken. Van jongens die al langer een wijk liepen had ik gehoord dat je het beste rond etenstijd langs de deur kon gaan. Dan waren de mensen thuis, en omdat ze zo snel mogelijk van je af wilden wezen, drukten ze je gehaast, de deur op een kier, een gulden in de hand terwijl ze soms niet eens je kaartje aanpakten. Met een beetje geluk en een bedeesde glimlach kon je heel wat geld ophalen. Het stond ook goed om kouwelijk maar manhaftig in je handpalmen te blazen nadat je had aangebeld.

Al na tien adressen in de laagbouw wist ik zeker dat ik talent had voor bedelarij. Of het nu een jonge vrijgezel was of een gezinshoofd met achter zich een bouvier die in bedwang werd gehouden, bij het zien van mijn trouwhartige tronie en m'n nieuwjaarskaartje gaf men gul en graag. Het was een kwestie van bedeesdheid. Ik hoopte de bewoners op gepaste wijze te misleiden door de indruk te wekken dat ik mij een beetje schaamde voor mijn bedeltocht.

Zo leerde ik hoe mijzelf te verkopen. Als er ergens niemand thuis was, noteerde ik het huisnummer om er de volgende dag opnieuw aan te bellen. Drie avonden achtereen liep ik 'mijn' adressen af. Al op de tweede avond kon ik bij een korte blik op de bewoner inschatten hoeveel ik in handen zou krijgen. Ook was het aardig om aan de hand van het licht in de huiskamer en de keuken te voorspellen welke huisgeur mij tegemoet zou waaien als de voordeur werd geopend. Brandde er schemerlicht en waren de gewerkte gordijnen achter de hagelwitte vitrage half gesloten, dan kon je rekenen op de dikke, zware geur van een lederen bankstel en door kousenvoeten aangetast tapijt. Neon in de keuken duidde daarentegen opvallend vaak op de aangename, licht drogerende geur van schoonmaakmiddel. Hing er ergens alleen maar vergrauwde vitrage voor de ramen en was de voordeur versierd met kersttakjes, dan rook het binnen naar huisdieren.

Ik weet nog steeds niet waarom ik de acht adressen aan de Honthorstlaan niet voor het laatst had bewaard of juist als eerste had afgewerkt. In plaats daarvan ging ik gewoon de vele galerijen af en deed de bordelen aan in volgorde van huisnummer. Waarschijnlijk probeerde ik mezelf wijs te maken dat het de gewoonste zaak van de wereld was om aan te bellen en geld te vragen bij een hoerentent.

Ik had geen last van een droge keel of op hol geslagen hartenklop toen ik op de bel drukte van het eerste bordeel. De ramen waren geblindeerd door zwarte rolgordijnen. De bel dingdongde. Op de voordeur hing een donkerbruine klopper die ik niet had durven gebruiken. Naast de deur brandde een zachtgeel peertje in een glimmende buitenlamp van negentiende-eeuws model. De vrouw die opendeed verwelkomde me met een stralende lach die als bij toverslag verdween toen ik mijn kaartje toonde. Ik trok een stem als van een ideale schoonzoon en wenste haar een gelukkig nieuwjaar.

Zij stond in een eigeel geverfde gang en droeg een dun, kimonoachtig gewaad dat zij haastig om haar schouders moest hebben geslagen. In een hoek van de gang stond een varenplant in een koperen pot. Er lag zwarte, hoogpolige vloerbedekking waar iemand tabak, as en een papieren wikkeltje van een snoepje op had laten vallen.

'O. Dankjewel,' zei de vrouw (en ik herkende haar stem). 'Wacht je even?'

Ze keerde terug met een briefje van vijf en zei: 'Succes verder.'

Opnieuw lachte ze naar me, zij het dit keer niet uitbundig. De lach was ingetogen en welgemeend. Ik raakte vervuld van een gloeiende trots. Het kon niet anders dan dat de vrouw me respecteerde, omdat ik geen geld kwam brengen maar kwam ophalen. In zekere zin was ik een van de hunnen. Dit besef was bedwelmend.

Toen ik twee deuren verder was, knisperde het briefje van vijf in mijn jaszak. Nog niet eerder had ik vijf gulden gekregen! Maar bij de zeven andere adressen was het niet anders. Telkens werd ik een ogenblik aangestaard met alweer zo'n malle, ingestudeerde twinkelende oogopslag en werd er te uitbundig naar me gelachen. Lach en twinkeling verdwenen nadat ik als een echte stoere, opgeschoten maar vooral vertrouwenwekkende krantenjongen mijn kaartje had getoond. Dan werd de badstof ochtendjas, het piepkleine suède hesje of de kimono dichtgeknoopt en maakte de ander een grapje of knikte me toe. De vrouwen waren zo vriendelijk! Net alsof ze allemaal wisten dat ik hun het hele jaar met oprechte toewijding mijn weekkrant had bezorgd.

Het leek erop dat het hun plezier deed geld uit te delen. Telkens vroegen ze: 'Wacht je even?' Dan knikte ik ingetogen. Op een gegeven moment durfde ik zelfs te vragen of ik even binnen mocht wachten.

'Het is zo koud, ziet u.'

Tuurlijk mocht dat. Ik was voor een moment in de gelegenheid het klassieke patroon van het behang in de gang en de rij spotjes aan het plafond te bewonderen. Hier geen rood licht, maar wel van die gedimde lichtbolletjes. Eén keer kwam er een tweede vrouw – nee, een meisje was het nog – mee terug naar de deur. Allebei gaven ze mij drie rijksdaalders. Vijftien piek! De gastvrouw had gewoon een witte blouse en ruitjesrok aan, maar het meisje droeg een tijgerbadpak en had een zwartleren riem om haar middel gegespt. Ze had kippenvel op haar armen.

Het jaar daarop, toen ik mijn wijk een voorspoedig 1980 kwam wensen, waren er nog maar zes privé-huizen. In de twee andere percelen waren krakers getrokken. Maar bij krakers belde ik niet aan. Die namen fronsend je kaartje in ontvangst, zeiden 'nou, dankjewel', en knalden vervolgens de deur voor je neus dicht. Of ze hadden een herdershond die je zowat de galerij afblafte. Opnieuw waren het de hoeren die me het meeste geld gaven. Een van de gastvrouwen gaf behalve zes gulden zelfs een flesje cola mee.

'Voor onderweg.'

Ik bedankte haar beleefd.

Dat jaar haalde ik meer dan vierhonderd gulden op. Twee weken later ging ik met de helft ervan opnieuw naar de Honthorstlaan. Ik hoefde niet lang na te denken en koos voor het bordeel waar ik het flesje cola als extraatje had meegekregen. Binnen zaten drie zwartharige meisjes dicht opeen op een door badhanddoeken bedekte tweezitsbank. Hun dunne benen waren bloot. Voor hun voeten stonden drie paar zilverbestikte pumps. Een van de meisjes had haar grote teen in een uitgeschopte schoen gehaakt en schuierde er zachtjes mee over het berbertapijt. Alle drie bladerden ze in Spaanse tijdschriften. Onder hun openhangende vestjes droegen ze felkleurige topjes. Ze keken niet naar mij maar wel tersluiks naar de televisie die geluidloos aanstond. Bij het raam stonden twee ficussen die reikten tot aan het plafond. Aan de pastelblauwe wand hingen posters van David Hamilton in brede, glimmende lijsten. Bij het plafond liet het behang los. Op twee ronde, eikenhouten salontafeltjes zaten kringen en donkere vlekjes van uitgedrukte sigarettenpeuken. In iedere hoek stond een schemerlamp met een kap met bloemmotief.

De madam vertelde me de prijzen. 'Franse massage' kostte honderdvijftig gulden; voor 'intiem' betaalde je vijftig gulden meer. Toen vroeg zij me met wie van de meisjes ik naar de kamer wilde.

'Ik weet het niet.'

Ik wist het écht niet! Alleen de vraag al van de gastvrouw bracht me aan het duizelen.

Of ik dan misschien iets wilde drinken?

Ik mocht tegenover de meisjes plaatsnemen op een tweede bank. In ijltempo dronk ik twee glazen whisky leeg. De whisky brandde in mijn maag. Een van de meisjes leerde me de Spaanse woorden voor 'jongen' en 'meisje'. In het Engels zei ik dat ik de woorden zou onthouden. De twee andere meisjes verborgen zich hiklachend achter hun tijdschriften. De gastvrouw stopte een cassettebandje van ABBA in de stereotoren. Ze glimlachte naar me.

'Nice music,' zei ik.

'Nice music,' zei het ene meisje in gebroken Engels zachtjes na.

Opnieuw hiklachten haar collegaatjes.

In minder dan een halfuur tijd stond ik, honderd gulden armer en misselijk van het ijzig brandende goedje in mijn maag, weer op de galerij. Ook al was ik niet 'Frans' gemasseerd of 'intiem' geweest, voor het gezelschap en de consumpties moet je ook betalen, nietwaar? Ik was de gastvrouw erkentelijk. Ze was zo vriendelijk geweest niet te laten merken dat ze me had herkend.

Ik was inderdaad afgezet. Maar dat was niet erg. Ik was binnen geweest, voor het eerst. Dat ik zomaar had kunnen rondkijken; dat ik tegenover de drie meisjes had gezeten en in de gelegenheid was geweest hun gelaatstrekken en smalle schouders te bestuderen en, als ik dat werkelijk had gewild, met een van hen naar een belendende kamer te vertrekken – dat was me de honderd gulden wel waard geweest.

Dat jaar sliep ik voor het eerst met een meisje. Het was een heel geklungel en toen het eenmaal achter de rug was, voelde ik me ontheemd en teleurgesteld – en zij waarschijnlijk niet minder. Mijn ontmaagding had zich voltrokken zonder zelfs maar een fractie van de koortsige spanning van mijn kuis bezoek aan het bordeel. Nog lang droomde ik ervan hoe het zou zijn geweest als ik het meisje ervoor had mogen betalen.

Kerststress

Joep van Deudekom

We wachten al bijna een uur op onze taxi. Omdat het drie uur rijden naar het vliegveld is, hebben we besloten met een luxetaxi te gaan. Wie het breed heeft, laat het breed hangen. En het is zo heet dat een rit zonder airco bijna niet verantwoord is. Het enige wat nog ontbreekt zijn de witte tropenhelmen, maar het koloniale leven dat we hier de afgelopen week hebben geleefd paste ons wonderwel erg goed. Zeven bediendes bij onze gastheer Christian bijvoorbeeld, die om vier uur 's nachts lachend tosti's voor ons stonden te bakken.

Het enige wat er aan komt rijden is een verroeste minibus, kapotte ruiten en een rokende, knallende uitlaat. Peter maakt de grap dat dit onze luxetaxi is. We lachen er allemaal om. Maar het ís de luxetaxi. En we hebben geen tijd meer om een andere te bellen, want dat gaat weer minstens een uur duren. Op naar het vliegveld in Denpasar. Bali dus. Als we de tassen erin hebben gepropt wordt na vijfhonderd meter duidelijk dat de airco kapot is. En ik zit voorin in het midden op de motor. Dat is alsof je op een reuzenvibrator zit met ingebouwd hittekanon. Na een halfuurtje hangen mijn ballen tussen mijn knieën en hoef ik voorlopig geen voorbehoedsmiddelen te gebruiken.

Doordat ik hoger zit op de motor kan ik eigenlijk niet echt naar buiten kijken. Mijn enige uitzicht is de achteruitkijkspiegel met daarin het gezicht van de chauffeur. En dat betekent dat hij niet naar achteren kan kijken. Maar dat blijkt met het tempo waarin hij rijdt ook niet echt nodig te zijn. Hij mist twee voortanden en ziet er moe uit. Sterker nog, zijn ogen vallen elke tien seconden dicht en schrikken dan weer open. Daarnaast heeft hij een trillend been en dat is een teken van extreme vermoeidheid. Ik ben de hitte allang vergeten en heb nog maar één doel: ik moet hem wakker zien te houden.

'What's your name,' begin ik.

'Hefrgoughrmandama.'

'Sorry?'

'Hefrgoughrmandama.' Of zoiets.

'Ah, yes, Hefrgoughrmandama, that is a beautiful name.'

Zijn ogen vallen weer dicht en ik probeer het gesprek gaande te houden.

'Are you married?'

'Hagdfadervre.'

'Ah, yes, I understand. You have father?'

'Heidgreftadendjioe.'

'Yes, that's nice. And how is your mother?'

'Hiegraftehroiew geroewhd gdroethtp hdoegd.'

'Yes, my mother is also like that.'

Hij kijkt me medelevend aan. Ik geloof dat ik gezegd heb dat mijn moeder ook dood is.

Dit gesprek gaat zo een halfuurtje door en wonder boven wonder blijven de ogen steeds langer open. Na een uurtje is hij zelfs echt wakker. Met zijn helderheid neemt ook de snelheid van de auto toe. Ik ga zelfs hopen dat hij weer gaat knikkebollen. Inhalen is zijn lust en óns leven. Op een gegeven moment houd ik het niet meer en schreeuw: 'Please, slow down!'

Hij kijkt opzij, veel te lang opzij, want hij rijdt recht op een tegenligger af en spreekt zijn eerste verstaanbare woorden: 'Haha, stress! Haha, I'm sorry!' Om vervolgens een dot gas te geven.

Normaal zou je al uitgestapt zijn. Maar het wordt al donker en we moeten een vliegtuig halen. Als ik ooit een vliegtuig heb moeten halen is het nu wel. Natuurlijk, een week met Peter en Viggo optreden voor de Nederlandse gemeenschap in Jakarta is een avontuur dat je niet mag laten schieten. En natuurlijk redt Machteld het prima thuis met een baby van zes weken oud. En de reis was al afgesproken, eigenlijk al voor de conceptie van onze eersteling Thijs. En als ik niet mee zou gaan, zouden zij ook niet kunnen en dan zou ik het dus voor hen verpesten. En ik had heel hard gewerkt en was wel toe aan een uitje. En Machteld gaf de borst dus zoveel was er voor mij niet te doen thuis. En Machteld vond dat geen probleem. Zei ze. En ik had natuurlijk ook iets meer dóór kunnen vragen of ze dat echt vond, maar ik was allang blij met dit antwoord. En dit soort dingen moeten natuurlijk ook gewoon kunnen.

En wat had ik een verschrikkelijke spijt dat ik het gedaan had. Ben ik voor het eerst vader en ga ik gelijk na zes weken al weg. Moeder had een zware bevalling en was eigenlijk nog niet geheel hersteld en had last van depressies en wat gaat vader doen? Die gaat lekker met zijn vrienden een week naar Indonesië. Los van het feit dat het een heel slecht idee was, krijg ik dit natuurlijk de komende jaren bij alle ruzies, die naar het schijnt nogal vaak voorkomen als je kinderen hebt, voor mijn voeten geworpen. Of erger nog, ik krijg het niet voor mijn voeten geworpen en zit dan steeds met dat schuldgevoel dat daardoor nooit meer weggaat.

Eén ding hield ons tijdens het bellen op de been. Met de kerst ben ik weer thuis. Met de kerst ben ik thuis. De eerste kerst als echt gezinnetje. Op kerstdag komt papa thuis en dan zal hij alles goed maken. Ik heb normaal niks met kerst, maar deze kerst wordt de belangrijkste in mijn leven.

Terwijl het donker wordt blijken de lichten van de auto niet naar behoren te werken. Gelukkig is een van onze medepassagiers een Nederlandse automonteur en die stelt voor dat hij er even naar kijkt. De chauffeur opent het dashboardkastje en daar ontwaren we een enorme kluwen van gekleurde draadjes, die als een soort veelkoppig monster naar buiten komt. De monteur kijkt er een moment naar, propt de draden naar binnen, doet het dashboardkastje dicht en gaat zwijgend weer achterin zitten. Onze chauffeur vervolgt lachend zijn weg.

'Haha, stress, haha, I'm sorry!'

Het groot licht doet het gelukkig nog wel. Zijn tactiek is nu om met één hand het groot licht te bedienen en dat net op tijd uit te doen als er een tegenligger komt. We rijden inmiddels op een bochtige, donkere en drukke bergweg en onze vriend krijgt er echt plezier in. Plotseling stoppen we in een dorpje en bij een paar tegen elkaar gespijkerde planken dat met veel fantasie een schuurtje en met nog meer fantasie een garage genoemd kan worden, wordt het licht gerepareerd. Tenminste, de reparatie bestaat eruit dat het groot licht op een schakelaartje gezet wordt zodat de chauffeur niet steeds de grootlichtschakelaar hoeft vast te houden.

Wij worden behoorlijk chagrijnig en hongerig. Gelukkig stelt Hefrgoughrmandama ons steeds gerust met de woorden: 'Haha, stress, haha, I'm sorry.' De 'reparatie' duurt ongeveer anderhalf uur, maar we hebben nog steeds een redelijk ruime marge op onze vertrektijd. Natuurlijk ben ik steeds aan het rekenen, maar voorlopig nog geen probleem. Eindelijk rijden we weer. Na drie minuten is de schakelaar kapot en zijn we terug bij af. Inmiddels is het gaan regenen. Ook de ruitenwissers blijken kapot. We rijden met het raam open, terwijl er een tropische bui bij ons naar binnen slaat. Hefrgoughrmandama houdt met één hand het stuur vast, met de andere bedient hij het groot licht, met nog een hand veegt hij elke tien seconden via het open zijraam de voorruit schoon met een vieze doek. Vervolgens lukt het hem om met zijn nog twee overgebleven handen ook nog een sigaret uit een pakje dat tussen zijn knieën zat te wurmen en die met lucifers(!) aan te steken. Terwijl hij dus stuurt, schakelt, het groot licht bedient en de ramen via het zijraam met een doek schoonhoudt! Verbazing en bewondering winnen het bij mij van pure doodsangst. De andere passagiers zitten inmiddels met de ogen dicht.

'Haha, stress, haha, I'm sorry,' zeg ik stoer. Hij draait zijn hoofd opzij en kijkt weer veel te lang opzij, terwijl de sigaret zich stevig heeft genesteld in de ruimte waar ooit een voortand heeft gezeten. Een grote, bruingetande lach staat op zijn gezicht en hij mindert vaart en rijdt opvallend rustig verder. Ik ben blijkbaar geslaagd voor de test en heb er een vriend voor het leven bij. Hoe lang dat leven nog duurt, is alleen niet helemaal duidelijk. Terwijl ik zit na te denken over welke muziek ik op mijn begrafenis zou willen draaien, doemt het vliegveld van Denpasar op. Daar bel ik Machteld maar ik krijg niemand aan de lijn. Ook haar mobiel staat op de voicemail. Vreemd.

Op de terugreis hebben we een tussenlanding in Kuala Lumpur en dus bel ik weer eventjes. Geen gehoor. Het is in Nederland zaterdagavond en Machteld heeft niet echt reden en mogelijkheid om er niet te zijn. Ik bedenk: die is natuurlijk bij haar broer in Hoofddorp en ze komt me morgenochtend afhalen. Terwijl ik weet dat het niet waar is, klamp ik me daar maar aan vast. Ik ben iemand die altijd gelijk alle opties en mogelijkheden afweegt. Er zijn een paar opties die ik onderdruk. Niet gelijk zo negatief, verman ik mezelf. In de telefooncel naast me zit een Chinees werkelijk hartverscheurend te huilen. Echt hysterisch te krijsen. En niet eventjes, maar echt langdurig. Af en toe haalt hij even adem en dan gaat hij weer verder. Er zal wel iemand plotseling zijn overleden. Misschien wel zijn kind. Kut. Op de achtergrond loopt een Kuala Lumpuriaanse kerstman met een Chinese baard, zo'n puntbaardje. Het vliegveld is versierd met kerstbomen. In de tropen. In de hal zit een man piano te spelen.

De herdertjes lagen bij nachte, maar dan in driekwartsmaat of zo. Om hem heen staat een groep vrouwen in een boerka enorm te lachen. Je ziet hun gezichten niet, maar je hoort ze en je ziet een beetje schudden.

Van Kuala Lumpur tot Zürich zit ik niet echt rustig. De stewardess herkent Peter en Viggo. Ze mogen naar de cockpit. Uit medelijden mag ik ook. Terwijl de piloten aanbieden dat een van ons de landing in de cockpit mag meemaken, horen we van de vluchtleiding op Schiphol dat er een defect is aan de linkermotor. De piloten hadden het zelf niet in de gaten. Ik zie ze schrikken, maar ze blijven lachen. 'Haha, stress, haha, I'm sorry,' zeg ik. Het valt niet in goede aarde en we moeten weg. In de cockpit blijven bij de landing is geen optie meer. Ineens zie ik overal stewardessen met een geforceerde glimlach elkaar veelbetekenende blikken toewerpen. Ik begrijp ineens wat Dennis Bergkamp voelt.

We landen om acht uur 's ochtends in Zürich en ik zoek direct een telefooncel. We hebben namelijk twee uur vertraging en als ze me komt ophalen kan ze rustig aandoen. Ik krijg weer het antwoordapparaat. De piep is extreem lang. Dat betekent dat er veel boodschappen op ingesproken zijn, en dus niet zijn afgeluisterd, en dus is Machteld al een tijd niet thuis geweest. Haar mobiel neemt ze ook nog steeds niet op. Nu begint mijn onrust om te slaan in lichte paniek. Ze kan nog steeds bij haar broer zijn, maar daar heb ik het nummer niet van. Ik bel mijn eigen moeder.

'Dag ma, ik sta op het vliegveld in Zürich en...'

'Heb je het al gehoord van Thijs?'

Ze zeggen weleens dat je pas weet wat liefde en zorg is

als je kinderen hebt. Nu weet ik in één seconde wat het is. Thijs is zes weken oud en ik ken hem nog nauwelijks en nu al is hij mijn achilleshiel. Mijn maag trekt samen en ik moet bijna overgeven. Ik wil de rest eigenlijk niet weten. Ik dwing mezelf om niet te schreeuwen.

'Nee, wat is er met Thijs?'

'Hij ligt in het ziekenhuis.'

Heel raar, maar mijn eerste gedachte is: goddank, hij leeft dus nog. Terwijl je natuurlijk ook dood in het ziekenhuis kunt liggen. Maar van iemand die dood is zeg je niet: 'Hij ligt in het ziekenhuis.'

'Wat heeft hij dan?'

'Dat weet ik niet.'

'In welk ziekenhuis ligt hij?'

'Dat weet ik ook niet.'

'Sinds wanneer ligt hij in het ziekenhuis?'

'Dat weet ik ook niet.'

'Is het ernstig?'

'Dat weet ik ook niet.'

Natuurlijk is het ernstig, anders hoef je niet naar het ziekenhuis.

Ik ben door mijn vragen heen, weet verder niet echt wat te zeggen, mompel wat onverstaanbaars en hang op.

Ik draai me om en het is net of ik even uit mezelf treed. Ik zie mezelf op dat enorme vliegveld staan, anoniem, nietig. Ik moet denken aan die Chinees van gisteren. In plaats van hartverscheurend te huilen begin ik hartverscheurend te lopen. Ik heb geen idee waar naartoe, want ik ben letterlijk en figuurlijk de weg kwijt.

Op dat moment word ik op de schouders getikt: 'Jij bent toch Joep van Deudekom?' In alle consternatie gaat het nog door me heen dat het toch leuk is om herkend te worden op het vliegveld in Zürich. Naast Peter en Viggo ben ik toch altijd een beetje de loser van de drie als het om Bekend Nederlanderschap gaat.

'Ik heb nog les van jou gehad.' Weg overwinning. Weer moet ik door het stof. Ik herken het meisje niet.

'Je herkent me waarschijnlijk niet, omdat ik nooit bij je lessen kwam opdagen.'

Ja, draai die dolk in mijn rug nog maar een keertje om.

'Leuk om je... eh... eens te zien, geloof ik,' zeg ik.

Daarna wordt het gesprek heel onhandig, want wat moet je daarna nog zeggen?

'Goh, ook hier in Zürich?'

'Ja, inderdaad. Jij ook?'

'Ja, ik ook.'

Intussen word ik weer overvallen door de paniek om Thijs. Ik kijk haar aan.

'Maar ik moet weg. Mijn zoontje gaat misschien dood,' flap ik eruit.

Mijn zoontje gaat misschien dood? Waarom zeg ik dat nou weer? Hij gaat helemaal niet dood. Toch? Ik zie haar ogen groot worden van schrik en ze weet niet wat ze moet zeggen. Ik wil haar geruststellen, maar ik heb geen zin om het hele verhaal aan haar te vertellen. Terwijl ik wegloop roep ik nog: 'Maar het is niet zo erg hoor!'

Mijn zoontje is dood, maar het is niet zo erg hoor? Jezus. Ik word gek.

Ik moet naar Peter, Viggo en Genio. Ik heb geen idee meer waar die zijn. Ze zitten ergens aan de koffie. Na heel lang zoeken zie ik ze zitten. Als ik bij ze ben vertel ik nogal onsamenhangend mijn verhaal. Genio neemt gelijk het initiatief en belt zijn vrouw in Utrecht met de opdracht om te achterhalen in welk ziekenhuis Machteld en Thijs zijn.

Na een kwartier heb ik Machteld aan de telefoon. Het eerste wat ze zegt is dat het gevaar geweken is. Ik kan weer denken. Thijs had het zogenaamde rotavirus opgelopen en had daar vrij extreem op gereageerd. Hij was 's nachts min of meer apathisch geworden en Machteld had de dokter erbij gehaald, die hem wegens uitdrogingsverschijnselen direct naar het ziekenhuis had gebracht. De boel was nu weer via een infuus onder controle. Hij lag nog wel in een soort coma maar zou elk moment wel wakker worden. Machteld had een verschrikkelijke nacht gehad. In d'r eentje. Op het moment dat ik er had moeten zijn was ik er niet.

Ik schop mezelf tegen mijn achilleshiel. Machteld is inmiddels ook uitgeput en het enige wat ik nu wil is bij haar en Thijs zijn.

'Waarom heb je me niet gebeld?'

Het klinkt als een verwijt, maar dat is het niet.

'Ik wilde niet dat je je zorgen maakte en je kon toch niets doen.'

Het is niet het moment om het daar uitgebreid over te hebben, maar ik geloof dat we hierover nogal van mening verschillen. Maar goed, het is ons eerste kind, alles is nog een beetje wennen. Ik hoop alleen dat ze bij ons volgende kind dat in het ziekenhuis terechtkomt wel even belt.

En dan sta je daar in Zürich met twee, inmiddels drie uur vertraging. Kerstavond ben ik thuis. Het kan nog steeds. Eindelijk stijgen we op. Boven Nederland blijven we lang rondcirkelen. We mogen vanwege de extreme mist en een computerstoring in het vliegtuig niet landen. Na een uur lang mijn nagels zo'n beetje tot het tweede kootje te hebben opgevreten blijken we te moeten uitwijken naar Frankfurt. Daar worden we naar een bus gedirigeerd. Een bus! Terwijl ik met een frustratie zit die ik bij niemand kwijt kan, sla ik bijna een te vrolijke Duitse kerstman die met me wil dansen op zijn bek. Een bus! Tja, het is kerstmiddag; er kan geen extra vliegtuig meer geregeld worden. Kerstavond zou ik thuis zijn. Fuck. Achtenhalf uur in een bus naar Nederland. Ik heb me weleens prettiger gevoeld.

Even later belt Machteld. Ik kon haar niet bereiken, want ze heeft geen mobiel bij zich in het ziekenhuis.

'Waar blijf je nou?'

'Ik zit in Frankfurt.'

'In Frankfurt? Wat moet je in Frankfurt?'

Het zijn vragen waar je niks mee kunt. Vrouwen stellen vaak vragen waar geen antwoord op mogelijk is. Dus ik antwoord dan ook maar niet.

'Is Thijs al wakker?'

'Nee.'

Zonder eten en drinken worden we overgeleverd aan een Poolse chauffeur, die ontzettend chagrijnig is en buitengewoon onbeschoft. Hij is ergens bij een familiefeest weggeplukt om ons op kerstmiddag naar Nederland te rijden en hij neemt ons dat persoonlijk kwalijk, en daar geef ik hem ook wel een beetje gelijk in. Want waar moet je op zo'n moment anders heen met je woede? Een jonge moeder moet haar inmiddels langdurig huilende baby (een geluid waar ik, voordat ik vader werd, helemaal niet tegen kon, maar dat nu recht door mijn ziel snijdt) warme melk geven en wil stoppen bij een wegrestaurant voor een magnetron, maar onze Pool weigert mee te werken. Het is mensonterend. Een huilende moeder, een schreeuwende baby, een tierende Pool en nog vijftig ontzettend chagrijnige Nederlanders die allemaal honger en dorst hebben en hun kerst zien mislukken. Inmiddels ben ik ook door mijn adrenaline heen en wacht gelaten op wat komen gaat. Thijs is in ieder geval veilig, al is hij nog in coma. De bus rijdt via de A12 langs Utrecht. Ik verzoek de chauffeur om mij ergens bij een motel in de buurt van Utrecht af te zetten. Hij weigert dat. Pertinent. Hij heeft de opdracht gekregen om iedereen naar Schiphol te brengen en is niet van plan om te stoppen. Ik probeer rustig te blijven. Het is niet gelukt. In heel slecht Duits dat voor een Pool tamelijk onverstaanbaar moet zijn, ontplof ik.

'Ich gehe raus bei Utrecht! Niemand soll mich von meinem krankes Kind abhalten! Niemand! Erst mit dem Baby die kein Milche kan bekommen und jetzt meinem krankes Kind. Arsloch. Du bist ein fascistoides Arsloch! Arsloch! Arsloch! Du großes Arsloch!'

Tijdens mijn scheldkanonnade kom ik erachter dat ik eigenlijk maar één Duits scheldwoord ken en dat is Arsloch. Maar als je dat een paar keer geschreeuwd hebt, treedt er vrij snel inflatie op en de krachtterm 'großes' maakt ook niet veel indruk. En het wordt ook een beetje gênant voor de rest van de passagiers. Ik ga in het gangpad liggen, want we moeten nog zo'n zeven uur in die bus.

Als we voorbij Arnhem zijn doe ik een nieuwe poging. Ik leg rustig uit dat ik een heel ziek kind heb. Ik breek. Terwijl de tranen over mijn gezicht lopen kan ik alleen maar uitbrengen: 'Ich woll nur meine kranke Baby sehen. Ich woll nur meine kranke Baby sehen! Es ist Weihnachten und meine sehr kranke Baby ist im Hospital, bitte, herr Chauffeur.'

Ineens blijkt dat Poolse chauffeurs die met de kerst bij hun familie worden weggehaald ook een hart hebben en hij vraagt waar ik eruit wil. Ik ben hem zó dankbaar. Ik sla hem op zijn schouders en lach weer door mijn tranen heen.

'Ah, kranke Baby, ja, schade, meine Mutter auch krank.'

'Ach, ja, kranke Mutter, ja ja, das is auch nicht so schön.'

Ich habe ein Freund gemacht für das Leben.

Even later belt Machteld weer.

'Thijs slaapt nog.'

Mmm. Ze vermijdt het woord 'coma'. Is misschien ook wel goed.

'Lieverd, ik heb het geregeld. Ik kan er bij Driebergen uit en neem een taxi en dan ben ik nog mooi op tijd bij je.'

'Wat doe je dan met de auto?'

'Wat doe ik met de auto? Niks natuurlijk, die laat ik staan op de parkeerplaats op Schiphol.'

'Maar dan hebben we geen auto. Als jij er bent, kan ik eindelijk even naar huis om schone kleren te halen en dan hebben we geen auto.'

'Maar dat kan toch met een taxi?'

'Het is kerstavond, lieverd.'

Wat is het toch vervelend als een vrouw, en zeker je eigen vrouw, gelijk heeft.

'Haal jij nou gewoon die auto op, je kunt hier nu toch niets doen.'

'Maar ik heb net heel veel ruzie zitten maken en zelfs zitten huilen bij de chauffeur om eruit te kunnen bij Driebergen.'

'Dan leg je het toch uit.'

'Het is een Pool, die heel slecht Duits spreekt.'

Dan begint ze te huilen. Zij zit met een doodzieke baby in een ziekenhuis en moet ineens mijn problemen met de een of andere Poolse chauffeur oplossen. Ze legt neer zonder iets te zeggen.

'Lieverd, ik regel het. Ik ben er straks, mét de auto,' wil ik nog zeggen, maar te laat. Kut. Kut. Kut.

Wat ik niet in de gaten heb, is dat de chauffeur net de afslag heeft genomen van het motel bij Driebergen. Voordat ik bij hem ben is-ie al gestopt voor de deur van het motel.

'Eh, Herr Chauffeur. Es ist nicht mehr nötig.'

'Wass?'

'Es ist nicht mehr nötig.'

'Aber was ist mit kranke Baby?'

'Der Baby ist noch immer krank, aber da ist etwas mit meinem Auto.'

'Mit deinem Auto? Ist deinem Auto auch krank?'

'Ich muss meinem Auto holen beim Schiphol.'

'Und deine kranke Baby denn?'

Ik zie dat hij weer boos begint te worden.

'Ich fahr doch mit nach Schiphol.'

Op dat moment ga ik ineens twijfelen tussen Schiphol en Sjiphol. Met buitenlanders hebben Nederlanders zelfs nog de gewoonte om Nederlandse namen in het buitenlands te zeggen. Wat is dat toch met Nederlanders? Ik zeg bijvoorbeeld ook nooit: 'Ich bin Joep van Deudekom.' Nee, ik zeg: 'Joep von Doidekom' in Duitsland, 'Djoep ven Dudekom' in Engelstalige gebieden en 'Sjoeb van Doidekon' in Franstalige gebieden. Geen enkele andere buitenlander zal dat ooit doen.

'Wass?'

'Ich fahr mit nach Sjiphol.'

Ik versta hem verder niet, want hij is met schelden overgeschakeld op het Pools. Heel verstandig overigens. Schelden moet je eigenlijk altijd doen in je eigen taal. Komt veel beter over en het lucht ook veel meer op.

Het is niet meer goed gekomen tussen mij en de Poolse chauffeur. Mein Freund für das Leben bleek ein Freund von Arnhem (Arnheim?) bis Driebergen (Dreibergen?) geweest te zijn. Maar ook de andere buspassagiers kijken mij woedend aan. Zelfs de moeder met de baby heeft een blik in haar ogen alsof ik persoonlijk verantwoordelijk ben voor al die uren vertraging. En baby zelf kijkt ineens ook behoorlijk arrogant naar me. Peter en Viggo hebben enorm veel moeite om hun plezier te verbergen, maar ik weet dat dit verhaal de komende jaren succes zal hebben. Ik ben alleen maar kapot. We zijn inmiddels zesendertig uur onderweg en ik ben emotioneel en lichamelijk een wrak.

In godsnaam naar Sjiphol en daar de auto ophalen.

Op zulke momenten gaat alles te lang duren. Het taxiën van het vliegtuig, de douane, de bagage op de band, de bus naar Lang Parkeren. En iedereen die op kerstavond moet werken heeft óf zo'n gebrekkig sociaal leven dat ze het doen om het kerstgevoel zo veel mogelijk te vermijden, óf ze hebben wel een rijk sociaal leven waardoor ze er enorm de pest aan hebben dat ze op deze avond moeten werken. Kortom, geen vrolijke aangelegenheid. En stewardessen, die kerstversieringen dragen, maar dan toch ineens een chagrijnige kop hebben als ze zich even onbespied wanen, maakt het allemaal heel erg sneu.

Na wat een oneindigheid lijkt stap ik uit op Lang Parkeren. Met een rugzak, twee gitaren, een tas met snoeren en een tas met cadeautjes en souvenirs sta ik moederziel alleen op die enorme parkeerplaats. Het is kerstavond en iedereen zit thuis. Peter en Viggo werden opgehaald. Het afscheid was kort. Ze wilden best helpen, maar waarmee? Ja, met de twee gitaren, bedenk ik nu.

Een gure wind met harde slagregens geselt mijn veel te dunne tropenkledij. Mijn regenjas zit ergens onder in mijn rugzak. Zal ik hem pakken? Maar ik kreeg de rugzak al nauwelijks dicht en als ik die hier en nu in deze gemoedstoestand openmaak is dat geen goed idee. Maar het is koud en het regent. Ik ren wel met rugzak, twee gitaarkoffers en twee tassen en zevenendertig uur onderweg zonder geslapen te hebben. Ik ren wel. Maar waarheen eigenlijk? Shit. Waar heb ik de auto neergezet? O nee, hè? Er zit niets anders op dan te gaan zoeken langs die onafzienbare rijen met auto's. Toch maar de regenjas pakken, want het is echt heel erg koud. Zeker ook op mijn slippers zonder sokken. Ik kan niet gaan lopen en de bagage later ophalen. Als ik alles op mijn rug geladen heb, de twee gitaarkoffers in mijn hand en de andere tassen onder mijn armen geklemd, gooi ik mezelf in het noodweer. Ik heb weliswaar een idee waar de auto ongeveer moet staan, maar helemaal zeker weet ik het niet. Na tweehonderd meter gaat de telefoon. Shit. Ik moet eerst alles neerzetten.

'En? Is-ie wakker?'

'Nee, maar het gaat goed. Hartslag is rustig.'

'Mooi.'

'Waar zit je?'

'Ik ben op de parkeerplaats.'

'Van het ziekenhuis?'

Ik hoor de hoop in haar stem. 'Van Schiphol.'

'Oké, dan zie ik je over een halfuurtje.'

'Ik weet niet meer waar de auto staat.'

'Wat?!'

'Ik heb geen idee waar de auto staat. En ik ben zo moe. En mijn bagage is bijna niet te tillen. En het regent zo hard.'

'Waar heb je hem vorige week dan neergezet?'

Ja hoor. De bekende 'Waar-heb-je-hem-voor-het-laatstvraag' als je iets kwijt bent. Er zijn mensen om minder vermoord, er zijn oorlogen om minder begonnen. Ik blijf stil. Reageer er niet op. Je weet dat je op zo'n moment eigenlijk de Nobelprijs voor de Vrede verdient, maar er is niemand die ziet hoe geweldig je bent. In eenzaamheid ben je toch trots op jezelf en dat is eigenlijk vooral weer treurig.

'Jij wilde toch zo nodig naar Jakarta.'

Ze zegt het niet, maar in de stilte die er valt wordt het wel gedacht. Door ons allebei.

'Oké, ga dan maar zoeken.'

Nee, ik ga wachten tot de auto naar me toe komt.

'Ja, ik ga zoeken.'

Na een halfuur, totaal doorweekt, verzuurde armen en bevroren voeten, vind ik de auto. Ik rijd de parkeerplaats af en krijg gelijk een waarschuwing. Tank leeg. De benzinemeter wijst op leeg. Even tanken. Even tanken op kerstavond. Oh boy. Maar dit ga ik zonder tanken niet redden. Dan maar naar een nachtpomp. Ik ga van de weg af, zet mijn auto bij een pomp neer en lees bij het nachttankapparaat de gebruiksaanwijzing. De regen zwiept onder het afdak door recht in mijn gezicht.

'Eerst de slang in de tank doen.'

Ik loop weer terug en voldoe aan deze aanwijzing.

'Geld inwerpen.'

Ik stop vijftig euro in het apparaat en loop terug naar mijn auto.

Er gebeurt niets.

Een andere nachttanker zegt dat ik bij de verkeerde pomp sta. Ik haal de slang uit de tank, zet de auto bij een andere pomp (nergens is uit af te leiden of dit nu wel de goede is), slang erin, maar weer niks. Mijn hoge bloeddruk en irritatieboosheid heeft plaatsgemaakt voor rust. Een merkwaardig soort rust. Er zijn momenten dat je gewoon niet meer gelooft dat dit je allemaal overkomt.

Dan zie ik mijn collega-nachttanker bij een andere pomp tanken, gewoon met een giropasje. Dat kan dus ook. Dat ga ik ook doen, denk ik. Ik loop naar het nachttankapparaat en druk op retour voor de vijftig euro.

'U ontvangt een tegoedbon.'

Een tegoedbon! Wat moet ik met een tegoedbon? Ook het woord 'tegoedbon' irriteert me ineens mateloos. Hoezo 'te goed'?

'Tegoedbon wordt geprint,' zegt het apparaat.

Er gebeurt niets.

'Printer stuk,' zegt het apparaat. Einde oefening. Geen mededelingen meer. Alleen regen en wind die in mijn gezicht zwiepen.

Ik loop op mijn auto af, stap gelaten in en bedenk dat ik toch nog moest tanken bij de giropaspomp. Ik zet mijn auto in zijn achteruit en rij met volle vaart achteruit.

'KLENG-BAF-KNAL', hoor ik. Ik blijf als verstijfd zitten. 'KLENG-BAF-KNAL'. Wat nou met je 'KLENG-BAF-KNAL'? Er zit niemand achter me. Waar komt die knal vandaan? En die kleng en die baf? O ja. De slang zit nog in de opening van mijn benzinetank. En dan kun je niet achteruitrijden. Ik stap rustig uit. De slang met vulpistool ligt op de grond. Een lamp van de pomp ligt ernaast, gebroken. Mijn tankklepje is kapot, en nog iets; de garagedoktoren zouden dat later in hun diagnose vulhals noemen. En wat ik gelukkig toen nog niet wist, was dat de kosten voor reparatie 975 euro zouden bedragen. ('We hebben de auto als het ware om de vulhals heen moeten bouwen.') Gelukkig doen ze aan airmiles.

Haha, stress, haha, I'm sorry. Als een soort mantra herhaalt die zin zich steeds in mijn hoofd.

De telefoon gaat.

'Heb je de auto gevonden?'

'Ja.'

'Waar ben je nu?'

'Ik moest nog tanken.'

'Tanken? Ik had toch gezegd toen je wegging dat je nog moest tanken. Had je toen niet getankt?'

'Nee.'

Blijkbaar niet.

'Is er dan nog een tankstation open op kerstavond?'

'Nee, maar er is een nachtpomp.'

'Hoop dat het lukt; ik weet nooit hoe dat werkt.'

'Nee, gaat prima. Geen probleem.'

Nog een Nobelprijs verdiend. Het is deze karaktersterkte, deze pure diplomatie die de Midden-Oostenkwestie zou kunnen oplossen. Het is deze gemoedstoestand die Gandhi moet hebben gehad toen hij geweldloosheid predikte aan het eind van zijn hongerstaking. Maar niemand die het ziet.

'Hoe gaat het met Thijs?'

'Geen verandering.'

Nog slechts dertig kilometer scheidt mij van mijn vrouw en kind. Het wordt een erekwestie om voor twaalf uur in het ziekenhuis te zijn. Die kwestie heeft me uiteindelijk nog 75 euro extra gekost, want ze flitsen op de A9 ook op kerstavond.

Hoe je je zo'n moment van hereniging ook voorstelt, het valt altijd tegen.

Ik loop door de gangen, op zoek naar mijn gezin. In kamer 409 kijk ik door het ruitje naar binnen en zie Thijs liggen en Machteld daarachter ligt ook te slapen, op een veldbedje. Met zijn lange zwarte haartjes ligt Thijs rustig te slapen in een soort aquarium met allemaal slangetjes en apparaten. Ik breek wederom. Tranen stromen schaamteloos over mijn wangen. Het is twee minuten voor twaalf. Bijna veertig uur ben ik onderweg geweest, maar het is elke minuut waard geweest bij deze aanblik. Ik ben op kerstavond bij mijn gezin. Ik heb het gered. Thijs heeft het gered. Machteld heeft het gered. Eindelijk zie ik mijn zoon weer. Kan ik weer voor hem zorgen. Hoeveel liefde kun je na zes weken al voelen? Die kleine smurf met die kleine vingertjes, die kleine teentjes. Ik leg mijn voorhoofd tegen het glas dat langzaam beslaat. Ik zie een rivier van traanvocht langs een plintje naar beneden stromen. Raar dat je op dat soort momenten, helemaal ondergedompeld in emotie, toch ineens zo'n detail kunt opmerken. Alsof je met een soort derde oog buiten jezelf treedt en iemand anders ziet staan, maar die je toch zelf bent.

'Wie ben jíj?'

Blijkbaar is er ook nog een vierde en vijfde oog dat mij hier ziet staan. En op de manier waarop er wordt gezegd 'wie ben jíj?' gaat er bij mij gelijk een belletje rinkelen. Dit voorspelt niet veel goeds. Een verpleegster of een arts zou zeggen: 'Wie bént u?' of 'mag ik vragen wie u bent?'

'Wie ben jíj?'

Ik draai me om en kijk met mijn betraande ogen recht in de ogen van een mij totaal onbekende man met allerlei mij al even onbekende tatoeages.

'Ik? Ik ben de vader van dit kind.'

Terwijl ik dit zeg draai ik me weer om naar het raampje, waar Machteld inmiddels wakker is geworden en is opgestaan, maar die Machteld helemaal niet blijkt te zijn. Een mij onbekende vrouw ligt bij mijn kind te slapen! Dan dringt het tot me door. Ik sta voor het verkeerde raam. Het is een andere baby. Ook met lang zwart haar. Al die emoties voor het verkeerde kind!

De vrouw komt met een slaperig en moe hoofd naar buiten.

'Wat is er?'

'Deze meneer zegt dat dit zijn kind is.'

'Wat?'

'Deze meneer hier staat midden in de nacht een potje te janken en beweert dat dit zijn kind is. Hoe kan dat?'

En toen kwam die legendarische zin. Die zin waarvan ik nooit had gedacht dat ik die ooit serieus door iemand uitgesproken zou horen. Die zin die elke film, elk boek gelijk degradeert tot een slap cliché.

'Maar lieverd, het is niet wat je denkt.'

Op dat moment komt Machteld naar buiten, uit de kamer ernaast.

'Hoe lang ben je hier al?'

Je ziet je vrouw na tien dagen afwezigheid, na veertig uur ontberingen en een kind dat op het randje van de dood heeft gebalanceerd en de eerste vraag is: 'Hoe lang ben je hier al?'

Ik ga er niet op in. Drie Nobelprijzen voor de huiselijke vrede op één avond. Hattrick.

'Deze meneer denkt dat ik de vader ben van zijn kind.'

'Wat?'

'Ik stond bij het verkeerde raam. Sorry voor het misverstand.'

Terwijl ik wegloop hoor ik de man heel hard lachen.

'Hahaha, en ik dacht even dat hij de vader was en dat hij stiekem midden in de nacht naar zijn kind kwam kijken.'

En net voor ik de deur dichtdoe hoor ik de vrouw nog

woedend schreeuwen: 'Godverdomme, eikel! Er staat een wildvreemde man bij ons naar binnen te kijken en jij denkt gelijk dat dat kind van iemand anders is!'

Huilend gaat ze naar binnen en ze smijt de deur dicht, waardoor diverse baby's op de afdeling beginnen te huilen.

Haha, stress, haha, I'm sorry!

Soms moet je gewoon stoppen met uitleggen. Soms heeft het geen zin om te praten. We staan langdurig alleen maar gearmd te kijken naar onze rustig ademende zoon. Kerstnacht. Er staat een veldbed voor Machteld klaar en ik ga het verplegend personeel vragen of ze er nog eentje bij kunnen zetten. Maar dat mag niet. Er is voor deze vader op kerstavond geen plaats in de herberg. Eén ouder per kind mag blijven slapen; dat zijn de regels. Ik heb al mijn woede en overredingskracht voor de komende jaren inmiddels verbruikt, dus ga ik gelaten terug.

We zwijgen langdurig en kijken naar ons kind. Ik ben uitgeput en heb al twee nachten niet geslapen. Machteld is uitgeput en heeft ook twee nachten niet geslapen. Er is maar één veldbed. Nu is het strikt genomen zo dat ik al vier nachten niet geslapen heb, want we hebben daar op Bali aardig huisgehouden, maar dit lijkt me niet het moment om daar een punt van te maken, dus ik doe wat mannen doen op zo'n moment.

Terwijl ik op de grond lig en Machteld op het bed en we allebei in slaap vallen, gebeurt in deze kerstnacht toch nog een wonder. Thijs wordt wakker. Hij wordt voor ons die nacht voor de tweede keer geboren in een kribbe van glas en stro van plastic buisjes. De verpleegstertjes houden in de gang getrouw de wacht. Hij opent zijn ogen en het lijkt alsof de hemel openbreekt en engelen beginnen te zingen. Hij lacht. Nog nooit heeft een lach meer betekend dan op dat moment.

We drukken op het waarschuwingsknopje en drie in het wit geklede koningen komen op het licht af en treden binnen met geschenken. Een heeft een fles bij zich met kostbare infuusvloeistof, een ander een injectiespuit en de laatste een blinkende, kwikzilveren koortsthermometer.

En de baby die naast Thijs ligt heet Barry. Barry van Os. Geloof het of niet.

Hampie

Freek de Jonge

Wat was het guur!

Hampie duwde zijn handen nog dieper in zijn zakken. Stom dat ie zijn wanten had laten liggen op het schoolplein.

Toen ie een uurtje later terugkwam om ze te halen waren ze weg.

Zeker meegenomen door iemand die ook koude handen had, had ie nu tenminste warme handen.

Hij liep naast moeder en alles wat ze gekocht hadden zat in een grote tas.

Het was best veel: een rollade van een pond, een pak kaarsen, een ons kerstkransjes, en nog veel meer.

Maar één ding ontbrak.

Hampie probeerde er niet aan te denken, maar dat lukte niet zo goed.

Steeds als hij dacht, niet aan denken, dacht hij er weer aan: geen kerstboom!

't Kon er echt niet vanaf, had moeder gezegd. Vader had nog gezegd: 'Dan hou ik op met roken.'

Maar toen had moe gezegd: 'Dat is nog het enige wat je hebt in je leven.'

Wat zou je meer missen met kerst, de geur van vaders pijp of de kerstboom met kaarsjes?

Ze liepen over de brug waar de man met de kerstbomen stond.

De kerstbomenman gaf hem een knipoog.

Hampie kon het wel uitschreeuwen, maar wat zou moeder dan denken.

Ze had al verdriet genoeg nu vader werkloos was.

Bij hen in de straat hadden ze allemaal de gordijnen opengelaten om op te scheppen zeker dat ze een kerstboom hadden.

Met van die elektrische kaarsen, dat was niks voor hem.

Hij zou de wacht houden bij de boom en meteen blazen als hij geknetter hoorde, of hup die emmer water erop als de boom in de brand vloog.

Hee, daar liep een jongetje met zijn wanten.

'Geef hier die wanten, die zijn van mij,' zei Hampie.

'Ah joh, ga weg, die heb ik eerlijk gevonden op het schoolplein.'

'Kom mee Hampie, geen ruzie met kerst,' suste moeder, 'ik zal weer nieuwe voor je breien.'

'U heeft geeneens wol!'

'Die koop ik wel na de kerst,' zei moeder.

'U heeft geeneens geld!'

'Hou je brutale mond. Hier, hou jij ook eens een hengsel vast.' Hampie beet in zijn lip.

Hij had zijn moeder pijn gedaan.

Die vuile leugenaar had ie zijn vet gegeven als moe er niet bij geweest was.

Vader zou het wel goed vinden.

Die zou zeggen: 'Eerlijk vechten mag, als het maar eerlijk is.'

Vader die was eerlijk, daarom was hij ook ontslagen, had moeder uitgelegd.

Als vader maar eens achteruit zijn keel begonnen was, en er de vakbond bijgehaald had.

Nu was vader naar de markt, kijken of hij hier of daar wat helpen kon.

Er was veel te doen op de markt.

Op een keer was Hampie meegegaan, maar toen was er geen werk.

Het regende en alle mensen waren thuis gebleven.

Toen hadden ze voor niks groente gekregen van de man die vader altijd hielp.

Jammer dat die geen kerstbomen verkocht. Thuisgekomen hielp Hampie moeder met uitpakken. Alles werd keurig in doosjes gedaan en in rekken en kastjes gezet.

Vrouwen zijn eigenlijk stom, dacht ie, want nu moet alles er weer uit.

Dubbel werk!

Onder in de boodschappentas zaten de zegels. Hij pakte ze eruit en legde ze op tafel.

'Zal ik ze inplakken?' vroeg hij aan moeder. 'Het boekje ligt in de tweede la.' Opeens begon Hampie te gloeien. Misschien hadden ze wel een boekje vol en konden ze van dat geld een kerstboom kopen.

Tjeempie, dat smaakte vies, die lijm, Inge deed het altijd met de spons.

Steeds sneller ging zijn tong langs de zegels, maar hij had het al gezien, het waren er niet genoeg.

'Hier', zei moeder, 'kijk eens wat er nog in mijn portemonnee zit, nog twintig punten.'

Ja, nu was het boekje vol.

Hampie veerde van zijn stoel op.

'Mag ik het boekje inleveren moeder en er dan een boompje voor kopen?'

'Voor een riksdaalder zeker.'

'Ik ken de man die ze verkoopt. Hij knipoogde daarnet nog tegen me.'

'Probeer het dan maar, je bent toch niet te houden.

Hé, zou je je jas niet aandoen?' riep moeder hem nog na.

'Goh, helemaal vergeten.'

Hij was al zo ver met zijn gedachten dat hij zonder jas naar buiten wou rennen.

'Lever deze flessen ook maar in,' zei moeder, 'dan heb je nog wat meer.'

f 2,90, het geld jeukte in Hampies hand. Zou hij daar een boompje van kunnen kopen? Zo'n piepkleine misschien, in zo'n potje.

Ze konden de gordijnen dicht doen, niemand hoefde het te zien.

Alleen zij, en zij vonden zo'n boompje best mooi.

Als de takken de ballen maar hielden!

De doos met de kerstversiering stond op zolder.

Moeder had tegen vader gezegd: 'Haal maar op, ik maak wel iets gezelligs.'

Toen had vader gezegd: 'Ach, dan mis je die boom alleen nog maar erger.'

Toen wist Hampie niet wie gelijk had. Nu wel.

Er stond nog één boompje op de brug.

Niet zo groot, maar toch ook niet zo klein. Vast duurder

dan f 2,90, of precies f 2,90 omdat hij het was, dacht Hampie.

De koopman stond met iemand te praten. Zou die nou net het boompje kopen? Nee, ze hadden het over het verkeer.

Als je ook zo veel kerstbomen hebt verkocht, hoef je er ook niet meer over te praten.

'Ze rijden zich nog voor de kerstdagen te pletter,' zei de vreemde man, 'zelfs bij deze gladheid willen ze allemaal als eerste thuis zijn, thuis bij de kerstboom. Daar komen dooien van. Nou, prettige kerstdagen. Tot ziens.'

'Tot kijk, Van Dijk,' kleumde de koopman.

Hampie voelde of het geld nog in zijn hand zat.

'Meneer, hoe duur is die boom?'

'Zes gulden jongeman.'

'Wat gemeen duur!'

Voor zo'n klein pestboompje met van die armetierige takken.

De tranen schoten haast in zijn ogen. Hoe durfde die kerel het te vragen.

Zelf had hij ze voor niks.

Hij ging ze natuurlijk 's nachts stelen in het bos en dan hier verkopen voor zes gulden.

Wat een gemene kerel was dat!

Zes gulden voor zo'n flutboompje!

'Vind je hem mooi?' vroeg de koopman.

Hampie knikte.

'Nou, je mag hem meenemen voor zes gulden.'

Als vanzelfsprekend ging Hampies hand open.

'Ja, dat is een beetje weinig.

Weet je wat, ik sta hier nog tot halfzes.

Als ik hem dan niet verkocht heb, mag je hem meenemen voor dat geld.'

'Hoe laat is het nu?' vroeg Hampie meteen.

'Kijk, daar hangt een klok, kwart voor vijf.'

Wat moest hij doen?

Blijven staan?

Dat zou die koopman vast niet goed vinden.

Naar huis gaan en thuiskomen zonder boom, geen denken aan.

Zou moeder ongerust worden?

Zou vader ondertussen thuiskomen?

Misschien had die wel stiekem een boom gekocht van het tabaksgeld, dat hij op de markt verdiend had.

Daar kwam een vrouw aan met een takshondje.

Die had natuurlijk nog geen boom.

De koopman stond net de andere kant op te kijken.

Hè jakkes, het hondje tilt zijn poot op.

Tegen zijn boom.

Zijn boom?

Hampie schrok van zichzelf.

Hoe vaak al had vader hem verteld dat bezit niet zo belangrijk was.

Dat geluk veel meer betekende.

En nu was hij helemaal wild van die boom, die hij al zijn boom noemde en die niet eens van hem was.

Wat was dat nou helemaal voor boom?

Ze konden er thuis best buiten.

Gordijnen open: de buren eens laten zien dat Kerstmis echt was, zonder bomen en zonder veel eten.

Gezelligheid met elkaar, maar dit jaar zonder Inge.

Hij dacht aan het verhaal dat meester op school verteld had.

Over Jezus die geboren werd in een stal.

Hij had het nog nooit zo gehoord.

Thuis deden ze nergens aan, maar moeder zong op zondagmiddag weleens met de tv mee.

Hij wist best hoe kinderen geboren werden: tussen de benen van de moeder aan een navelstreng, heel vlekkerig.

Hij had het op een foto gezien in de klas.

Sommige jongens hadden gelachen maar de meester had gezegd: 'Dat is niet om te lachen, dat is de natuur.'

Hampie wilde op zijn handen blazen om zijn koude vingers te warmen.

Toen merkte hij dat hij nog steeds het geld in zijn hand had.

Hij keek op de klok, vijf voor vijf.

Er liepen nog veel mensen op straat.

Het was een beetje gaan sneeuwen en hier en daar waren witte plekjes te zien.

Iedereen moest nu toch al een kerstboom hebben. Twee dagen voor kerst.

Morgen was het zondag en dan kon je ze niet meer kopen en maandag was het eerste kerstdag.

Hij zag iemand met een bontmuts praten met de koopman die de boom optilde.

'Het is niet veel,' zei de bontmuts, 'beetje kaal.

Weet je wat het is met die boompjes, je koopt ze de 24ste, je flikkert ze 2 januari weer op straat en tussendoor zuig je je de pleuris om die dennennaalden in je stofzuiger te krijgen.

f 6,35 is mij te duur. Goeiendag.'

De koopman lachte een beetje en het leek of hij Hampie een knipoog gaf.

Zie je wel, hij wou hem aan niemand verkopen.

Dat wist ie wel, maar hij liet hem wel erg in spanning zitten en in de kou staan.

Hampie deed het geld in zijn broekzak en begon net als de koopman z'n blote handen kruiselings tegen zijn schouders te slaan.

Vijf uur.

Er kwam een vrouw met een beker warme koffie. 'Hier pak aan ouwe.

Sta je nou nog met dat ene pestboompje, ouwe duitendief.

Gooi het toch in de gracht en maak dat je bij moeder de vrouw komt.

Of geef het boompje maar aan mij mee, ik weet er wel iemand voor.'

'Nee, ik blijf nog tot halfzes want ik heb hier met iemand afgesproken.'

'Geef me dan maar vijftig cent voor de koffie.'

'Bedankt en ajuus.'

'Ajuus.'

Er kwam een moeder met twee kinderen aan. Ze droegen heel wat pakjes.

'Kijk moeder, nog een kerstboom,' zei de jongen.

'Niet aankomen, Bert, daar hebben de honden tegen geplast.'

'Nee, in jouw klerenkast,' zei de koopman.

Hampie schoot in de lach.

'Kom hier Bert, dat is een zwerversjongen, die heeft vlooien.

Loop door, Pappa staat met de wagen te wachten.
Vlug, anders krijgt hij een bekeuring.'

Jammer dat er nog niet genoeg sneeuw voor een sneeuwbal was, dacht Hampie.

Hij ging nu over de brugleuning hangen en keek de gracht af.

Er lagen veel woonboten.

Iemand had een kerstboom op het dak gezet met elektrisch licht erin.

Logisch, hier konden geen echte kaarsen in.

'Wat kost die kerstboom?'

Hampie verstijfde, hij durfde niet om te kijken.

'f 6,25,' hoorde hij de koopman zeggen.

'Nee, dat is me te duur.'

'U ken hem krijgen voor zes piek.'

'Ik haal het niet.'

Wacht eens, dat was de stem van vader.

Bliksemsnel draaide Hampie zich om en rende naar hem toe.

'Hé kerel, wat doe jij hier?'

'Ik heb geld van de zegels. Ik heb f 2,90.
Hoeveel heeft u?'

'Vijf gulden. Er was niet veel werk op de markt.'

'Dan kunnen we samen doen vader. Wat zal moeder opkijken.'

'Nou die kleine weet er wel raad mee. Hebt u geen werk?' kwam de koopman ertussen.

'Nee, vorige maand ontslagen. Ach, er komt wel weer iets.'

'Bij ons op de kwekerij kunnen ze anders best iemand als u gebruiken. Bent u veel ziek?'

'Vader ziek, nooit, die is zo sterk, die kan mij zo boven zijn hoofd tillen,' zei Hampie, voordat vader over zijn verbazing heen was.

'Kom na de kerst maar eens praten,' zei de koopman. 'Hier heb je me kaartje.

Moet je die boom nou nog meenemen?' riep hij hen na. Ze waren al weggelopen, zo verward waren ze allebei. 'Hier pak mee, vijf gulden, voor minder kan ik het niet doen.

Dan krijg ik last.'

In de ene hand danste de kerstboom op en neer en aan vaders andere hand was het Hampie die op en neer sprong van plezier.

Wat zou moeder opkijken, dacht ie.

'Kom mee vader, nou nog iets voor u.'

Hampie trok zijn vader de tabakswinkel in. 'Ik betaal,' zei hij trots.

Vader moest even iets wegslikken voor hij zei: 'Een pakje Amphora en een pakje pijpreinigers.'

Toen ze weer buiten stonden zei vader: 'Nou moeten we eigenlijk ook iets voor moeder kopen.'

'Ik weet wat,' zei Hampie.

'Wol voor wanten.'

'Dat is eigenlijk voor jou, rakker.'

Ja, daar had hij zelf nog niet eens aan gedacht.

'Maar moeder houdt van breien,' zei Hampie geschrokken.

'Daar heb jij nu weer gelijk in.'

Hampie mocht zelf de kleur uitzoeken.

Groen, net als de kerstboom.

'Waarom was u nu eigenlijk ontslagen vader,' vroeg Hampie.

'Omdat ik solidair was met de andere arbeiders die ontslagen waren.'

Hampie wist niet wat solidair was, maar hij wilde niet verder vragen. Het klonk zo plechtig en vader had er al genoeg verdriet van. 'Misschien krijgt u dat werk wel op die kwekerij.'

Hampie vond ondanks alles vader toch wat zwijgzaam.

'Is er iets vader?'

'Nee hoor.' Hij moest ineens aan Inge denken. Hij was zo bezig geweest met die boom dat hij haar helemaal vergeten was.

'Bent u nog bij Inge geweest?'

'Ja.'

'Gaat het niet goed met haar?'

'Nee.'

Hampie kon wel huilen.

Hij dacht dat alles goed zou zijn. En nu dit...

Moeder had de rollade al opgezet.

Heerlijk rook het.

Ze omhelsde vader en keek blij naar de boom en de wol.

Toen zei vader: 'Inge haalt het niet, ik geloof de dokter niet meer.'

Moeder wankelde en ging op een keukenstoel zitten, handen voor het gezicht.

'Ik ga de ballen van boven halen,' zei vader.

Hampie wist niet waar hij kijken moest.

'We hebben ook nog tabak voor vader gekocht,' zei hij, maar het sloeg nergens op.

'Fijn,' zei moeder door haar tranen heen.

'Weet je wat bidden is?' vroeg ze aan Hampie.

'Nee, moeder.'

'Aan God vragen om hulp als je het niet meer weet.'

'Weet je het dan niet meer moeder?'

'Nee.'

'God wel?' vroeg Hampie.

'Ik weet het niet.'

Dan hoef ik ook niet te bidden, dacht hij.

Hij zag dat moeder haar handen vouwde.

Vader kwam weer beneden en zei: 'Kom Hampie, we gaan de boom eens optuigen.

Zeven ballen en een piek.

Net dat liedje wat ik laatst op de radio hoorde.'

Moeder snikte en vader dacht: het is Kerstmis en we moeten er voor de jongen een mooi feest van maken.

'Ik zal het avondeten maken.

Gaan jullie de kerstboom maar optuigen.'

Hampie keek in de kerstbal en zag zijn vader.

Het leek wel of hij huilde, maar vaders huilen niet.

Tijdens het eten zei Hampie niet veel.

En 's avonds zei moeder: 'De kaarsen mogen niet de hele avond branden, anders hebben we morgen en overmorgen niets meer.'

Hampie hield de wacht bij de boom.

Hij had met potloodstreepjes aangegeven tot waar de kaarsen mochten branden.

Dan hoefde hij niet zo aan Inge te denken.

Vader trok hem naar zich toe en zei: 'Ik weet nog een mooi kerstverhaal.'

Zalig kerstfeest...

Youp van 't Hek

Behalve zijn schoonouders, die een beetje oud en glazig zitten te genieten, vindt niemand dit leuk. Iedereen loopt de hele avond op eieren om een stevige ruzie te voorkomen. Hij weet te veel van iedereen. Ook bepaalde dingen waarvan de rest niet weet dat hij ze weet. Of weet iedereen dat het huwelijk van Wim en Marjet totaal op is en dat ze, als ze meer geld hadden en Wim niet zo gehecht was aan de kinderen, allang gescheiden waren? Dat laatste vindt hij niet erg, maar waarom doen ze dan aan zo veel geluksgekakel? Zijn saaie schoonzus Marjet die maar vertelt hoe leuk ze het hadden op Ibiza. Eén groot zomers feest met heel veel vrienden, die het daar ook allemaal leuk hadden. Hij wist van zijn zwager hoe erg het was geweest, hoe Marjet en hij zich door die zomer hadden gezopen, hoe verschrikkelijk hij het vond dat de halve golfclub op datzelfde stukje eiland zat en dat ze wat dat betreft net zo goed thuis hadden kunnen blijven. Wim vindt het daar al jaren verschrikkelijk en toch gaat hij elk jaar weer mee. Voor Marjet hoeft het ook niet, maar ja de kinderen hè! Zo verzint iedereen zijn eigen alibi om ergens naar toe te moeten.

Maar nogmaals: vul de tijd niet met dit gebabbel. Hoewel? Alles beter dan praten over politiek. Zijn zwagers worden per glas rechtser en naarmate er meer gedronken wordt valt de naam Wilders steeds vaker. Langzamerhand beginnen mensen schaamteloos te melden dat ze op hem gaan stemmen omdat Geert in hun blinde ogen wat de islam betreft gewoon gelijk heeft. Beide zwagers wonen in superwitte dorpen waar alles op zondagavond voor *Boer zoekt Vrouw* hangt en volgens hem kennen ze allebei niet één moslim. Ja, de Marokkaanse krantenjongen die elke ochtend *De Telegraaf* in hun brievenbus duwt, maar die kennen ze ook niet echt. Hij wordt zo moe van hun gebazel over Den Haag, de burgerlijke schuld van alles. De manier waarop Frans met zijn Brabantse accent het woord 'Den Haag' uitspreekt is zo dodelijk. Het ene cliché wordt routineus op het andere gestapeld. Hij weet nu al dat schoonbroer Frans een reddingsplan voor de DSB zal lanceren en dat Bos van zwager Wim de schuld zal krijgen van het ploffen van dat treurige bankje. Verder weet hij dat de salarissen van Wesley en Robben over de hazenpeper zullen vliegen en dat Louis van Gaal wordt nagedaan. Daar kan hij ook zo slecht tegen: mensen die Van Gaal niet na kunnen doen en het toch doen. Hij kent het lijstje kerstdinergespreksonderwerpen nu al uit zijn hoofd en hij weet maar één ding: zo veel mogelijk zwijgen. Laat ze maar praten en drinken. Om twaalf uur is het voorbij. Hoewel? Aan het eind komt altijd het jaarlijkse alcoholische pochrondje. De een denkt aan een zeilboot, de ander aan een tweede huis in Frankrijk of aan een heel chique cruise. Elk jaar luistert hij geduldig naar deze fantasieën, terwijl hij weet dat ze allemaal niet doorgaan. Net als die dure auto, die elk jaar weer besteld gaat worden en er ook nooit komt. Het is een kwestie van zijn mond houden. Vooral als Walter zijn zogenaamde wijnkennis etaleert. Dat is zo dodelijk. Veertien fouten in drie zinnen. Vroeger ging hij er tegenin, maar de laatste jaren zwijgt hij zich door de avond. Steeds denkend aan zijn overleden vader, die ooit zuchtte: 'Hoe ouder je wordt, hoe stiller!'

Waarom hij toch elk jaar weer meegaat naar dat niet door te komen kerstdiner? Hij doet het om Els en om Els haar ouders. Het kan elk jaar hun laatste kerst zijn. En als ze dood zijn, vraagt hij zich regelmatig af, gaan onze kinderen dan ook zo over ons denken? Dat ze dan bij ons een kerstavondje met oprechte tegenzin komen knagen? Omdat wij dan oud en zielig zijn? Hij vreest van wel. Medelijden is de basis van alle kerstdiners. Toevallig sprak hij onlangs zijn Britse vriend Brian en die vertelde dat het in Engeland precies hetzelfde is. Ook hij heeft een vreselijke schoonfamilie, die hij een keer per jaar moet zien en dan zitten zowel hij als zijn zwagers met dezelfde tegenzin aan de iets te uitbundige kerstdis.

Het is een eeuwenoud universeel probleem dat iedereen zich zit te ergeren. Al die huizen zien er vanbinnen mooi uit met hun kerstbomen en kaarsen. Vanbuiten trouwens ook. De mensen zijn de laatste jaren qua kerstsfeer in hun tuinen ook steeds wanhopiger geworden. Maar dat troost hem dus: dat aan al die tafels de gasten al jaren de verplichte avond zitten uit te zitten. En vooral ruzie zitten te voorkomen. De ene helft laat de andere helft lekker zijn jaarlijkse onzin uitkramen. En dat allemaal om de bejaarde ouders of schoonouders een leuke kerst te gunnen. Elk jaar zucht hij harder als hij thuiskomt. Hij weet nu al wat hij dit jaar tegen Els gaat zeggen: 'Die griepprik voor je ouders is toch niet echt nodig? Voor je het weet zitten we er volgend jaar weer!'

Ballantienus

Jan Eilander

Er stond voor het eerst sinds jaren weer een kerstboom in de ouderlijke woonkamer, een nepboom, een lelijke, een van de eerste generatie kunststof kerstbomen. De ballen, de piek, het engelenhaar van glaswol en het plastic Charlie Chaplin-poppetje waren van vroeger, toen Tessel nog thuis woonde en ze wel een echte boom hadden.

De vader had speciaal voor zijn zoon een fles *Ballantienus* in huis gehaald, dus Tessel dronk sterkedrank. Maar verder deed Tessel op eerste kerstdag dingen die hij in zijn andere, eigenlijke leven nooit meer deed: scrabbelen, eenendertigen en sjoelbakken, en kerstkrans van de HEMA eten. Marina, zijn vriendin, het meisje dat papa en mama zei tegen zijn ouders, las de Leesportefeuille.

Na het gourmetten wilde de moeder van Tessel even rusten met de zere benen op een bankje. Tessel, Marina en de vader wasten af in de keuken.

Toen ze terugkwamen in de kamer zong de moeder mee met een cassettebandje: '*Gloria in Excelsis Deo...*' Haar stem galmde door de kamer: *Glo-ho-ho-ho/ Ho-ho-ho-horia*. Tessel en zijn vader keken elkaar aan, die spatzuivere sopraan, die een kerstliedje zong, dat was lang geleden.

De moeder gebaarde dat Tessel mee moest zingen. Hij mimede: sorry, tekst vergeten.

'Jij dan, schat,' zei de moeder tegen Marina.

Marina hief haar handen ten hemel: 'Sorry, ikke katholiek.'

'En ik dan?' vroeg de vader.

De moeder drukte lachend de cassetterecorder uit: 'Nee, jij niet, ongelovige.'

Toen de vader en de moeder vlak na de oorlog met elkaar trouwden, beloofden ze elkaar eeuwige trouw, in voor- en tegenspoed. Dat de moeder in God geloofde, elke zondag naar de kerk ging, vond de vader jammer, zonde van de tijd ook, maar als dat haar enige tekortkoming was... Hij haatte religie, maar kwam naar de kerk toen de moeder Tessel liet dopen. Hij had zelfs een keer een oecumenische kerstviering in het multifunctionele centrum bijgewoond, om zijn vrouw en zoon 'Gloria in Excelsis Deo' te zien zingen.

De vader, die zichzelf loonslaaf van de Philips Gloeilampen NV noemde, werd ziek toen Tessel een jaar of tien was. De dwingende routine van de lopende band vermorzelde zijn goede humeur en gezondheid.

Papa had het een beetje met de zenuwen, zei de moeder tegen Tessel.

Twee maanden later verhuisde het gezin naar een dorp aan de andere kant van het land. De vader was er kantenier geworden. Qua salaris ging het gezin er fors op achteruit. De moeder accepteerde die aderlating met liefde, omdat haar man er zijn geestelijke gezondheid en zijn vrijheid mee terugkocht. De vader bloeide op, croste in een Lelijke Eend van grasstrook naar grasstrook, hengel achter in de auto voor als hij tijd overhad. De moeder kon niet wennen in het nieuwe dorp, zonder haar familie en de vriendinnen uit de stad. Ze had haar hoop gevestigd op de leden van de Nederlandse Hervormde Kerk. Tot haar grote verdriet kwamen de gedroomde nieuwe kennissen maar één keer per jaar op bezoek, om de 'vrijwillige' bijdrage te innen.

Ze kreeg het met de zenuwen, zei de vader tegen Tessel.

De vader zette al zijn vrije tijd in om zijn vrouw te behoeden voor het Groene Weduwedom. Hij at de lunchpakketjes, die hij 's ochtends klaarmaakte, thuis op. Hij deed de was, de boodschappen, lapte de ramen, mopte de vloer, en soms kookte hij voor drie dagen macaroni met Smac. Hij ging ermee door tot alles weer goed was. Maar toen had de moeder zich al wel laten uitschrijven en deden Tessel en zijn ouders met kerst spelletjes onder een spar met een piek en een plastic poppetje van Charlie Chaplin.

De vader drukte een zoen op de grijze krullen van de moeder: 'Worden we weer vroom, meissie?'

De moeder haalde verlegen haar schouders op: wie zou het zeggen?

Tessel schonk een groot glas whisky in en zei: 'Dat hoor je vaker. Als mensen ouder worden grijpen ze terug naar de vaste waarden uit hun jeugd.'

Marina keek op uit de Leesportefeuille en siste: 'Doe niet zo bot.'

De moeder zei: 'Wat drink je veel, Tessel.'

Tessel proostte: 'Ballantienus heeft ook z'n uiterste houdbaarheidsdatum, mam.'

De vader vond dat de moeder niet zo op haar zoon moest letten: 'Tessel weet heus wel wat hij doet.'

Dat dacht de vader echt, dat Tessel wel wist wat hij deed. Want in de beleving van de vader was Tessel af. Hij had al sinds de middelbare school dezelfde vriendin, met wie hij nu een halfjaar samenwoonde op een chic verbouwde zolderetage aan – nota bene – de Amsterdamse grachtengordel. Tessel hoefde niet voor een baas op de knieën, want hij verdiende als freelance copywriter drie keer modaal of meer. Tessel was klaar, niks meer aan doen.

Marina zei, zonder Tessel aan te kijken: 'Maak je maar geen zorgen, mama, ik rijd wel terug.'

Het was spekglad op de weg, sneeuw joeg tegen de voorruit, Marina reed niet harder dan veertig, vijftig kilometer per uur. Ze zei niks. Tessel ook niet. Hij hing tegen het zijraam en pafte alle sigaretten die hij als zogenaamd niet-roker bij zijn ouders niet had gerookt, achter elkaar.

Het was kil op de streng ingerichte zolderetage.

Marina's koffer stond ingepakt naast de voordeur.

Tessel maakte een bed voor zichzelf op de zitbank. Marina liep naar de slaapkamer. Ze draaide zich om, zag Tessel klungelen met de lakens, ze liet 'm klungelen. Ze zei: 'Dit doe ik niet meer, nooit meer, voor niemand niet. Als ze erachter komen, en ze komen erachter, dan doe je ze nog veel meer verdriet.' Ze trok de deur van de slaapkamer achter zich dicht.

Morgenvroeg zou Marina vertrekken naar Garmisch-Partenkirchen, een skivakantie op uitnodiging van en met een man die ze op haar werk had leren kennen.

Tessel had het de ouders verteld vlak voor ze naar huis gingen. Zo tussen-neus-en-lipperig-door mogelijk, alsof het de normaalste zaak van de wereld was: 'Goh, trouwens, die Marina, weet je wat zij morgen gaat doen?'

De moeder had gehakkeld: 'Goh, ja, hoe dat zo opeens, kind?'

Marina had gebloosd tot achter haar oren.

'Vind jij dat niet jammer, Tessel, dat je dan alleen bent op tweede kerstdag en met oud en nieuw in jullie nieuwe huis?'

'Hé,' Tessel had geklonken als een man van de wereld. 'Mag je iemand zo'n buitenkans ontzeggen? Een gratis skivakantie! Nee toch?!'

De vader was opgestaan en naar buiten gelopen. Hij zei dat hij vergeten was om de beschermhoes over de Opel Kadett te spannen, tegen de vorst.

Op de ochtend van tweede kerstdag stond Tessel voor het raam toen Marina in een taxi stapte. Ze keek niet op. 's Middags schreef hij op zijn oude Remington een advertentie voor de Stadskrant: '*We wonen nog geen halfjaar in Zuid en het is nu al uit. Gevraagd: twee etages, liefst omgeving centrum. Aangeboden...*'

Tessel dronk wodka uit een limonadeglas. De moeder belde: 'Je vader en ik maken ons zorgen.' Waarom ging Marina nu weg? Skiën met een vreemde man? Ze wilde de waarheid: had Marina soms iets met die man?

Nee, Marina had niets met die man, nog niet, maar tegen de tijd dat ze terugkwam misschien wel. Die man was weg van haar, zij vond hem leuk.

Tessel dronk het glas in één keer leeg. Het probleem

was, of nee, geen probleem, feit was dat hij zelf verliefd was geworden op iemand anders. Zwaar verliefd. Op een getrouwde vrouw. En die vrouw op hem. Krap een maand na de verhuizing naar de zolderetage had hij haar leren kennen. Ze was een toevallige passant in het nachtcafé dat hij vrijwel dagelijks frequenteerde. Toen ze dansten op 'Purple Rain' van Prince, had ze hem een zoen op zijn mond gegeven. Daarna zagen ze elkaar vrijwel dagelijks, altijd in het geheim, in cafés en clubs waar ze niemand kenden, in portieken of in Tessels Peugeot 404.

Marina wist het al een tijdje. Ze had het geraden, omdat ze vond dat Tessel zich vreemd gedroeg. Hij dronk veel. En hij ging om niks met god en alleman heftige discussies aan. Terwijl Tessel zich, volgens Marina – 'Je bent net je vader' – nooit ergens over uitsprak. Toen ze vroeg of hij een ander had, had Tessel z'n schouders opgehaald: hij zag weleens iemand, ja. Marina reageerde verdrietig, wanhopig, teleurgesteld, maar ook strak. Ze vond dat Tessel het maar uit moest zoeken. Als ze normaal konden blijven doen, wilde ze hem wel een tijdje geven.

Twee weken voor kerst ging Tessels vader met de VUT. Tessel en Marina waren op het afscheidsfeestje. Tessel proostte, toostte en lachte, maar Marina werd gek van al die collega's van de vader die vroegen hoe het met Tessels aanstaande ging.

's Avonds in bed vroeg Marina hoe het stond met de verliefdheid. Tessel hakkelde, draaide. Oké, het was haar duidelijk, het was dus nog even heftig. 'Dat doet me verdriet, want ik hou van je.' Tessel legde zijn vinger tegen haar lippen: 'Sst, niks zeggen, niks zeggen.'

Marina duwde zijn hand weg: 'We moeten praten.' Zij praatte, Tessel luisterde. Zij zei wat hij niet durfde onderkennen of benoemen. Dat ze, sinds het begin van hun kinderkalverliefde, al een tijd als broer en zus door het leven gingen: 'Ik had gehoopt dat een nieuw begin, dat dit yuppenflatje, daar iets aan zou veranderen. Niet dus. Integendeel. 't Is mislukt.'

Tessel schudde het hoofd, hij wilde niet falen: 'We kunnen het toch nog pro...'

Hij maakte zijn zin niet af. Dingen onbespreekbaar laten was iets anders dan liegen, hij mocht niet liegen. Diezelfde avond belde Marina om de skivakantie te bevestigen.

Zo vertelde Tessel het de moeder, alleen luchtiger, een beetje als de schrijver van een goedkope smartlap: 'Zodra de hartstocht verdwijnt, is de relatie over. Dat is toch zo, mam?'

De moeder zei dat ze daar geen verstand van had.

's Avonds gaf Tessel een feestje voor zijn stapvrienden. Ze aten sushi, dronken bier met wodka, toepten om een rijksdaalder per boompje, draaiden platen. Later op de avond zouden ze wellicht nog een mannetje bellen voor wat extra's en daarna de stad in gaan. Tessel hoopte op een kerstfeest zoals hij dat altijd al eens had willen vieren: zonder familieverplichtingen, zonder aanhang. Of zoals Joachim, Tessels vaste art director, voorspelde: 'Het wordt een Luidruchtige Nacht, een Ontheiligde Nacht.'

Maar Tessel had geen tekst, geen honger, geen concentratie. Ze hadden vier potjes getoept, hij was vier keer als eerste dood. Hij kon de platen, zíjn platen, die het DNA van zijn leven, van zijn jeugd vormden, niet verdragen. Bowies ijselijke uithalen niet: I, I *will be king, and you, you will be queen, we can be Heroes, just for one day*. 'Someone loves you honey' van June Lodge, het lievelingsliedje van Marina, niet. 'Don't look back' van Peter Tosh niet. 'Rat Trap' van The Boomtown Rats niet. En 'Purple Rain' van Prince al helemaal niet.

Joachim zette Joy Division op: *Love, love will tear us apart again.*

Het was te veel.

Tessel liep naar zijn werkkamer, hij wilde contact. Zijn nieuwe liefde vierde kerst bij haar ouders. Marina was onbereikbaar. Hij belde het nummer van de ouders, sloeg een vrolijke VPRO-toon aan: 'Wat doe-hoet?'

De moeder vertelde dat ze het vlees, dat over was van de gourmet, in een braadpan had opgebakken, maar ze hadden er niet van gegeten. 'Ik weet niet wat er aan de hand is Tessel, maar je vader is helemaal overstuur, door wat je verteld hebt over Marina en dat meisje.'

'Mag ik papa even?'

Tessel hoorde de moeder met de telefoon lopen: 'Hier pap. Tessel.'

De vader zei niks.

'Hé pap...'

'Uhh, ik...'

De vader huilde. De vader huilde nooit. Hij had zelfs niet gehuild toen hij op een ochtend terugkwam van het vissen en de negenjarige Tessel hem had toegeschreeuwd dat zijn lievelingsbroer dood was.

'Papa! Zeg wat! Wat is er?'

De vader zei niks, maar Tessel wist wat er was. Tranen stroomden over z'n wangen.

Zijn moeder nam de telefoon weer over: 'Tessel, jochie... Hé... stil maar... het gaat wel over. Er is niemand dood, toch? Hang maar op.'

Iemand had de muziek in de kamer uitgezet. Joachim legde een hand op Tessels schouder. 'Kom op, we gaan erheen. Nu meteen. Pak je jas.'

Joachim scheurde met een bloedgang over de polderwegen.

Tessel kwam onderweg een beetje tot bedaren: 'Heb je niet te veel gedronken?'

'Absoluut wel!' zei Joachim.

De moeder deed open: 'O, wat fijn. Wat lief van jullie.' Ze wees naar de deur van de woonkamer: 'Papa is daar.'

Ze nam Joachim aan de hand mee naar de keuken: 'Mijn man zou het vreselijk vinden als je hem zo zag.'

De vader zat in zijn Berend Boudewijn-stoel. Zijn ogen roodomrand, z'n vingers friemelden aan het Charlie Chaplinnetje in de kerstboom. Tessel liet zich over hem heen vallen. De vader schokte. Pas na een tijdje sloeg hij zijn armen om z'n zoon heen. Tessel fluisterde: 'Ben je kwaad op me?'

Tessel voelde dat hij zijn schouders ophaalde.

Tessel kwam overeind: 'Ik heb je teleurgesteld.'

De vader knikte, snikte.

'Omdat ik nu met iemand anders...'

Hij gromde: 'Dat doe je niet...'

Ze zwegen. Meer viel niet te zeggen. Tessel was van het voetstuk gevallen, waar z'n vader hem zonder bijbedoelingen op gezet had, en waar hij uit gemakzucht jaren was blijven staan.

Hij was ideale zoon af. Een half leven lang had hij opgezien tegen het moment dat hij zijn vader, om wat voor reden dan ook, teleur zou stellen.

Hij probeerde nog wat: 'Misschien is het met die andere vrouw wel voor altijd en eeuwig, pap.'

De vader reageerde niet.

Stilte.

Tessel twijfelde, haalde toen een pakje Marlboro uit zijn binnenzak: 'Mag ik hier roken?'

De vader schoot overeind: 'Wat?!'

'Mag 't?'

Het verdriet van de vader waaide, heel even, weg. Z'n ogen brandden: 'Hoe lang rook je al?!'

Tessel stak de sigaret aan: 'Weet ik niet... ik weet wel hoeveel: twee pakjes per dag.'

'Idioot!'

'Ja, is ook stom... Pap, het spijt me dat ik je verdriet doe... maar ja, ik ben ook maar een, eh...'

'Ja, ja, ja,' zei de vader gehaast.

Tessel inhaleerde diep, blies de rook de kamer in. De vader draaide in zijn Berend Boudewijn-stoel heen en weer, heen en weer. Na een tijdje zei hij: 'Misschien heb ik het wel een beetje met de zenuwen...'

Tessel stond op, pakte een glas en de fles whisky uit de buffetkast. 'Jij een jenever, pap?'

De vader schudde zijn hoofd. 'Ik wil dat van jou weleens proeven.'

Tessel schonk twee glazen in.

De vader nam een heel klein slokje. 'Komt ook door die VUT, het leek me fijn om eindelijk niet meer voor een baas te werken...'

Tessel knikte. 'Is ook fijn om niet voor een baas te werken.'

'Mijn werk stelde niet veel voor, maar ik was wel iemand.'

Tessel had genoeg gehoord. 'En nou ben je ook al niet meer de vader van een ideale...'

'Hou op!' Pats, de vader sloeg met zijn beide armen op de leuning van zijn stoel, plantte zijn voeten stevig op de grond, stond op en zoende Tessel op zijn beide wangen: 'Kom jongen, kijken waar mama is.'

De moeder en Joachim dronken koffie, aten HEMA-kerstkrans.

De vader gaf Joachim een hand: 'Wil je niet wat anders drinken, jongen?'

'Neem een Ballantienus,' zei Tessel.

De moeder zuchtte. 'Tessel denkt dat wij nog steeds niet weten dat je 't uitspreekt als Ballantine's. Maar kun je dan nog wel rijden, Joachim?'

'Absoluut niet. Dus ik stel voor dat we hier blijven, Tessel heeft geeneens een kerstboom op die lelijke kale k.u.t.-zolder van hem.'

'Die Joachim!' De vader en moeder lachten een beetje verlegen.

Tessel legde zijn armen om de schouders van zijn ouders: 'En gaan we dan ook zingen, met z'n allen?'

'Jaja, spot er maar mee,' zei de moeder.

Stille nacht

Herman Finkers

Het is kerstnacht. Kort na de nachtmis. Nou ja, nachtmis... De dienst begon al om halftien en het is nog pas kwart voor twaalf, dus eigenlijk is het nog kerstavond. Onze familie is bijeengekomen om balkenbrij te eten. Dat is zo bij ons in de familie gebruikelijk met kerst.

In de verte beginnen de klokken van de Sint Jozef te luiden.

'Ook stom zeg, dat ze nu de klokken luiden.'

'Waarom?'

Opa kan het maar moeilijk accepteren dat oma de laatste tijd steeds vaker in de war is en hij reageert met een mengeling van bezorgdheid en geïrriteerdheid.

'Waarom is het stom dat ze nu de klokken luiden?'

'De nachtmis is allang geweest.'

'Ja, bij ons is de nachtmis allang geweest, maar in de Jozef moet hij nog beginnen.'

'Toch vind ik het stom.'

'Waarom?'

'Nou, een uur na de nachtmis.'

'Ja, bij ONS is de nachtmis al een uur afgelopen maar in de Jozef hebben ze nog geen nachtmis gehad.'

'Hij staat me anders nog vers in het geheugen.'

'Ja, die bij ONS staat je nog vers in het geheugen maar in DE JOZEF moet hij nog beginnen dus kan DE JOZEF ook rustig de klokken gaan luiden.'

'Rustig nou opa,' sust m'n zus, 'rustig nou maar.'

'Ja, sorry hoor,' zegt opa, 'maar sommige mensen kunnen wel érg eigenwijs zijn, zeg.'

'Zeg dat wel,' beaamt oma, 'nu de klokken te gaan luiden...'

Er valt een pijnlijke stilte.

'Ik geloof in reïncarnatie,' deelt oom Albert mede.

Dit is niet echt een opmerking die de geanimeerdheid terugbrengt. Oom Albert is de enige in het gezelschap die het gesprek tussen oma en opa niet gevolgd heeft. Hij zit heel diep en heel lang na te denken over de preek die hij die avond gehoord heeft. De pastoor sprak over het feest van de geboorte, vandaar.

'Ik geloof in reïncarnatie,' klinkt het weer. 'Want boven de ingang van het kerkhof in Tubbergen stond vroeger: "Van stof zijt gij gekomen en VAN stof zult gij wederkeren." Dus dat betekent dat wij reïncarneren.'

'Nee, hoor, het is: "TOT stof zult gij wederkeren."'

'Welnee, "VAN stof zult gij wederkeren."'

'Echt Albert, je vergist je. Jongens, wat is het: "VAN stof of TOT stof zult gij wederkeren?"'

Ongeïnteresseerd maar opvallend eensgezind mompelen wij: 'TOT stof.'

De nacht wordt weer stille. Zo stille dat de klokken van de Jozef opnieuw hoorbaar worden. Oma spitst haar oren en zegt: 'Ook stom.' Dit terwijl oom Albert zichzelf een instemmend knikje geeft en zijn lippen zich geruisloos vormen tot een zeer beslist: 'VAN stof.'

IJslands mos

Jan Siebelink

Begin van deze maand werd een grote onderwijsstaking aangekondigd. De onderhandelingen over de CAO waren mislukt. 'Meneer, gaat u staken?' vroegen de leerlingen van 5-Havo mij. Ze hoopten op een vrije dag. 'Nee,' zei ik. Ze waren nogal verbaasd, want er was vrijwel geen collega die niet meedeed. Ons dreigde groot onrecht te geschieden. 'Nee,' herhaalde ik, heel beslist. Er zat nauwelijks een principiële gedachte achter. 'Wie wil staken, hij stake. Ik doe het niet. Ik kom er bij gelegenheid weleens op terug.' Leerlingen vergeten veel, maar niet dat soort opmerkingen. Ze kwámen erop terug, de laatste dag voor de kerstvakantie. Ik kon er niet meer onderuit. Alleen vroeg ik me nu wel af of ik hun wel een afdoende verklaring zou kunnen geven. Het was een stille, nevelige ochtend. Och, ik had wel zin om een verhaal te vertellen. Ze gingen er eens lekker voor zitten.

De dagen voor kerst gaan mij niet gemakkelijk af. Ik ben onrustig, opgewonden, kan mij slecht concentreren, zwerf doelloos door de straten van de stad. Voor bloemenwinkels blijf ik staan, vergaap mij aan de pracht van rijk opgemaakte kerststukjes, de lakrode kerststerren. Klanten stromen binnen, loopjongens brengen bestellingen rond. Daar wordt geld verdiend! Aan het einde van de dag zal de eigenaar van de zaak zijn kassa-la opentrekken, het bankpapier in zijn hand nemen en de winst gaan uittellen. Ik gun het hem. Hij heeft er hard genoeg voor gewerkt.

In mijn geboorteplaats Velp had je ook zo'n mooie, goedlopende bloemenzaak. De dag voor kerst stonden ze met zes man in de winkel te helpen en konden het werk nauwelijks aan. Zwart van de mensen zag het.

Twee straten verder had mijn vader zijn kleine bloemisterij. Op schappen in de werkplaats stonden rode en witte cyclamen die wel twintig bloemen droegen, en opgemaakte bakjes met tulpen en hyacinten. Buiten de broeikas lagen de kerstbomen, de bossen rode beshulst, de voorgetrokken witte katjes.

Er kwamen enkele vaste klanten. Ze kochten een cyclaam, wat hulst, een boom. Was het totale bedrag zestien gulden vijftig, hadden ze daarvan al vijftien gulden op de werktafel neergelegd en zochten ze nog naar kleingeld, dan zei mijn vader: 'Laat u de rest maar zitten.' Daar ging zijn winst. Mijn vader had niet het juiste handelsinstinct. Mijn vader beurde die ochtend een paar tientjes. Ik keek toe hoe hij het geld in zijn portemonnee deed. Ik wenste dat deze al vol zat met stapeltjes bankpapier. De cyclamen waren dit jaar zo mooi, dik in het blad met veel knop. Vooral de witte, zo gewild rond de kerst. Het was toch zonde als we ermee bleven zitten. Na de kerst waren ze meteen veel minder waard.

De ochtend was al bijna voorbij. Wat was er weinig omgezet! Voor mijn gevoel nog minder dan in andere jaren.

Juist van de dagen voor kerst moest mijn vader het hebben. Met die extra verdiensten moest hij de tijd na kerst doorkomen waarin de handel notoir slap was.

Mistroostig, half uit verveling, liep ik het pad van de kwekerij af en keek de straat in om te zien of er een klant aankwam. Geen mens te zien. Hoewel ik wist dat ik mezelf daar pijn mee deed, ging ik naar de bloemenzaak in het dorp. Het was daar een drukte van belang; auto's reden af en aan, mensen kwamen met armen vol bloemen naar buiten. Van afstand zag ik toe, jaloers, machteloos om iets aan de situatie te veranderen. Hoe was het toch mogelijk dat deze man (Messelink heette hij) zo veel klanten trok, terwijl het bij mijn vader zo stil was. Onze planten waren van betere kwaliteit en gezonder, want zelf gekweekt. De hulst was verser, want gesneden uit eigen boom. Bovendien was mijn vader veel aardiger. Wat was de reden van die slechte verkoop? Als ik vader daar naar vroeg, merkte hij op dat de mensen daar nu eenmaal de loop hadden. Daar viel niets aan te doen. Dat lag nu eenmaal besloten in de orde der dingen. Hij accepteerde die situatie blijmoedig. Elke morgen stond hij om vijf uur op, werkte tot het donker werd, beurde een inkomen dat ver onder het minimum lag, klaagde nooit, kwam nooit in opstand.

Terwijl ik me daar bij die winkel stond op te vreten van woede, dacht hij waarschijnlijk al aan de heerlijke kerstdagen die er aan stonden te komen en waarop hij ongestoord in de vertroostende boeken van de Nadere Reformatie kon lezen. Nee, de zachtmoedigen zullen het aardrijk niet beërven... Ik begreep er niets van. God kende mijn vader toch, wist hoe beroerd zijn bedrijfje ervoor stond. Waarom stuurde Hij niet wat rijke klanten op hem af? Van deze Messelink was bekend dat hij een fanatiek atheïst was, dat hij vloekte als het hem uitkwam en op kerstochtenden aangeschoten werd opgemerkt in etablissement De Gildebroeders. Het was ook van hem bekend dat hij klanten onvriendelijk bejegende, hen zelfs kon afsnauwen als ze niet snel beslisten. Het leek wel of de mensen des te liever bij hem kwamen. Ze wilden gestraft worden. God kon met één machtswoord het roer radicaal omgooien. Waarom deed Hij dat niet? We baden aan tafel, lazen uit de Bijbel. Natuurlijk, later in de hemel zouden we het goed krijgen, maar het was wel zo plezierig daar op aarde al een voorproefje van te krijgen.

Terwijl ik me zat te verstrikken in die hopeloze redenaties stopte, iets voorbij de winkel, een zilvergrijze slee. Een chauffeur in een zwart kostuum hield het portier open en een lange deftige dame, het oxygeenblonde haar hoog opgestoken, stapte uit. Ik herkende haar als mevrouw Rost van Tonningen. Zij woonde even buiten de bebouwde kom in een witte villa die Ben Trovato heette. We wisten allemaal dat ze in de oorlog heel erg fout was geweest, maar in de jaren '50, toen het land nog met zijn wederopbouw bezig was, werd jegens haar op geen enkele wijze openlijke afkeer getoond. Ze moest met zo'n auto, zo'n villa, puissant rijk zijn en zou deze dagen veel planten nodig hebben.

Op het moment dat de chauffeur weer op zijn plaats gaat zitten en zij het brede trottoir oploopt, ren ik op haar af en schiet haar aan. Ze schrikt, maar als ik zeg wie ik ben, als ik beschrijf hoeveel mooier de planten zijn die mijn vader kweekt, lees ik in haar doorgaans koele blik eerst verbazing, dan een zekere welwillendheid, en nog hartstochtelijker pleit ik... De chauffeur krijgt opdracht te keren. Zij nodigt mij uit achterin naast haar plaats te nemen. Ik wijs de weg. Die straat rechts in, dan de volgende omhoog. Aan de rechterhand... Ik voer haar over het pad dat naar de werkplaats van mijn vader leidt, ik voel mij groot en sterk, als een veldheer, na deze verovering.

Mijn vader is in de werkplaats bezig jonge planten te broezen. Ik laat mijn rijke protectrice voorgaan. Zij laat haar blik over de subtiel opgemaakte stukjes glijden. Ik had mijn vader daarbij geholpen door er op de geëigende plekken hulst en IJslands mos bij te steken. De vrouw draagt een lange grijze jas met zwarte bontkraag. Ik hou mijn adem in. De kwaliteit van de producten kan haar niet ontgaan. Nog een moment en dan zal ze de magische woorden uitspreken: 'Waarom ben ik hier niet eerder gekomen? Dit wil ik allemaal hebben. De hele handel.' We zouden in één keer los zijn.

Maar ze vroeg mijn vader wat een losse hyacint kostte. Takjes had ze zelf genoeg in de tuin. Ze kocht één witte hyacint à raison van veertig cent. Toen ze weg was, zei mijn vader: 'Van dit soort mensen moeten wij het niet hebben. Alleen de gewone man heeft geld over voor bloemen.' Maar de gewone man kwam ook niet bij ons.

Op kerstmorgen las vader een preek van Calvijn voor en verzonk daarna in gebed. Aan de slechte verkoop van de voorgaande dag dacht hij geen moment meer, noch aan de schulden veroorzaakt door de hoge stookkosten die niet afbetaald konden worden. Het zou weer moeilijker worden om het hoofd boven water te houden. Het zou uiteindelijk mis gaan met zijn mooie, idyllisch gelegen bedrijfje, maar wat maakte dat eigenlijk uit bij een vader die zo ontzagwekkend God aanbad.

Ik weet niet of de leerlingen mij begrepen hadden, ik weet zelfs nauwelijks of mijn verhaal wel een antwoord bevatte op de oorspronkelijke vraag. Na afloop van de les kreeg ik van allen een hand.

De verwisselde hoenders – Kerstmis in Maassluis

Maarten 't Hart

Voor ons begon Kerstmis als mijn vader met te dik geworden verf die niet meer bruikbaar was om ijzeren hekjes rond grafstenen te versieren, elzentakken verzilverde. Vooral de elzenproppen kregen daardoor de allure van klokjes van edelmetaal. Mijn vader verfde deze takken en proppen niet voor onszelf, maar voor allerlei notabelen, de burgemeester, de commandant van de vrijwillige brandweer, de directeur van gemeentewerken, en de chef van de gemeentepolitie. Gretig werden deze matverzilverde proppen afgenomen. Meestal vloeide er, als mijn vader en ik ze afleverden, wel een slachtopdracht uit voort. Door heel Maassluis heen, en ook in het dorp Maasland, hield men kippen, konijnen, ganzen en kalkoenen die men rond kerst in het plaatselijk blad *De Schakel* adverteerde. Wie zijn kerstdis met andermans konijntje of gans wilde opvrolijken, diende het dier dan levend – niemand slacht graag eigen vee – af te halen en zélf te slachten. Maar mensen zijn zodanig gestructureerd dat ze wel dolgraag vlees eten, maar er huiverend voor terugdeinzen – op z'n minst tamelijk hypocriet – om een dier zelf te slachten. Zodoende vroegen tientallen mensen mijn vader altijd om de via *De Schakel* aangekochte dieren op de diverse aankoopadressen af te halen, en vervolgens te slachten. Aldus hoefden zij hun aankoop niet levend te aanschouwen, maar kregen ze deze panklaar thuisbezorgd.

Zo fietsten wij in het stille, koude avondduister vlak voor kerst maar rond om al die onwillige Vlaamse reuzen, die knorrende Lotharingers, die vriendelijke Hollandertjes, die kakelende hoenders en kordaat snaterende ganzen uit hun hokken te halen. Toen ik een jaar of twaalf was, bood Here van Zanten zijn reusachtige haan te koop aan in *De Schakel*. De faam van dit dier lokte een tiental kopers, waaronder burgemeester Schwartz, die dan ook de gelukkige eigenaar werd. Spoedig na de aankoop kreeg mijn vader het verzoek om deze haan eigenhandig voor de burgemeester te verwerken zoals het eufemistisch genoemd werd.

Het vroor licht toen wij de haan gingen halen. Na ons aanbellen verscheen een treurig kijkende Van Zanten, die ons voorging naar het minuscule plaatsje achter zijn huis dat geheel in beslag genomen werd door een kippenhok.

'Ik durf hem zelf niet te pakken,' sprak Van Zanten.

'Hoeft ook niet,' zei mijn vader, 'ik zal hem wel even grijpen.'

Achter het gaas liep het trotse dier met hoog opgeheven veren heen en weer. Mijn vader opende het hok, het dier week uit, mijn vader kon er niet bij en kon het hok ook niet in.

'Ga jij 'm maar even pakken,' zei mijn vader tegen mij, 'jij kan net door dit luikje heen.'

Sprakeloos staarde ik naar het dier dat mij, zo leek het, honend aanstaarde vanuit de uiterste hoek van zijn hok.

'Toe maar,' zei mijn vader, 'wees maar niet bang, hij zal niets doen, echt niet.'

Slikkend, bibberend, kroop ik door het luikje. Heel langzaam liep ik gebukt naar de haan. Het dier opende wijd zijn vleugels, alsof hij een dominee was die de zegenbede zou gaan uitspreken, en kwam rustig naar mij toe. Ook ik opende mijn armen, en na nog enkele passen omhelsden wij elkaar – ik kan het niet anders noemen. De haan pikte niet, maakte geen geluid, viel alleen maar in mijn armen, of ik viel in zijn vleugels, zo kan het ook geweest zijn. Doodstil bleven de haan en ik, elkaar omhelzend, midden in het hok staan.

'Kom dan hier,' zei mijn vader, maar ik kon mij niet bewegen, ik stond daar maar in die stille, marmerachtige vrieslucht en voelde de warmte van die haan die met z'n snavel in mijn haar woelde. Zonder dat ik het kon zien – het gebeurde achter mijn rug – wurmde mijn vader zich zo ver mogelijk door het luikje en greep de haan plotseling vast. Heftig met zijn vleugels slaand, en oorverdovend kakelend, kon hij nog bijna ontsnappen, maar even later zat hij toch in een jutezak. Toen wij hem meenamen verbeet Here van Zanten een snik.

Met de haan fietsten wij naar de begraafplaats. Mijn vader sloeg alle slachtdieren altijd op in het lijkenhuisje, dat voor die gelegenheid van ruim stro werd voorzien. De haan kreeg een plaatsje tussen de konijnen en mijn vader zei: 'Bethlehems stal kan indertijd niet voller zijn geweest.'

Terwille van het besterven slachtte mijn vader alle dieren altijd twee dagen voor kerst. Soms waren we tot 's avonds laat bezig. 's Morgens vroeg sloeg mijn vader altijd eerst alle koppen van de kippen en de ganzen af, zodat ik de hele dag voort zou kunnen. Ik diende namelijk alles te plukken. In het jaar van de haan bewaarde hij dat reusachtige dier voor het laatst. Spijtig greep mijn vader hem en spijtig sleurde hij hem naar de afgezaagde boomstronk die tussen het lijkenhuisje en het baarhuisje was neergezet. Met één goedgerichte bijlslag onthoofdde mijn vader de haan. Op dat moment rukte het dier zich los en stormde bloedend met alweer wijd uitgespreide vleugels over de begraafplaats naar een rododendronstruik die hij kordaat rondde. Even deed hij een liggende grafzerk aan, waarop hij wat bloed tussen de letters 'Rust Zacht' deponeerde. Toen kwam hij weer op ons afgelopen en vlijde zich neer naast zijn eigen kop waarvan de ogen nog steeds loom knipperden. Met een gebaar van uiteindelijke berusting vouwde de haan zijn vleugels in; het leek of iemand een waaier opvouwde.

Ook ik bewaarde de haan voor het laatst. Met een bezwaard hart begon ik hem aan het eind van de middag te plukken. Het schemerde al, mijn vader had een petroleumlamp aangestoken in het baarhuisje. Voorzichtig ontdeed ik het dier van zijn veren. Ik probeerde al die veren zo veel mogelijk bij elkaar te houden in de volgorde waarin ik ze geplukt had, zodat er nog iets overbleef van de haan.

Terwijl ik plukte, sloeg mijn vader buiten de laatste Hollandertjes dood. Hij kwam ermee binnen, hing ze ondersteboven aan hun achterpootjes aan een speciaal voor die gelegenheid in het baarhuisje gespannen touwtje. Monter hoorde ik hem mompelen dat hij 'al hun jasjes' ging uittrekken.

Toen ik ten slotte mijn haan helemaal geplukt had en deze neerlegde naast alle andere geplukte kippen en ganzen, zag ik dat hij nu niet meer verschilde van een al eerder door mij geplukte overjarige soepkip. Mijn vader slachtte maar voort, keek niet op of om, en gehoor gevend aan een geheimzinnige impuls, verwisselde ik haastig de haan en de soepkip. Ik begreep absoluut niet waarom ik het deed, het was of ik het aan de haan verplicht was.

’s Avonds laat leverden wij de dode geslachte dieren op de diverse adressen af. Burgemeester Schwartz nam zelf de overjarige soepkip in ontvangst en bedankte mijn vader uitbundig, gaf hem een rijksdaalder en een pakje sigaretten. De haan kwam terecht bij een rioolwerker, een collega van mijn vader, een man die ik hartgrondig haatte. Schuldbewust ging ik die avond naar huis, steeds maar niet begrijpend waarom ik die haan niet gunde aan burgemeester Schwartz die toch zo buitengewoon aardig was.

Toen we thuiskwamen bleek bakker Eisberg aanwezig in onze woonkamer. Hij vroeg mij of ik de volgende dag wilde komen helpen.

‘Ja, jong,’ zei hij, ‘de dag voor kerst is een rotdag voor ons, de drukste dag van het jaar.’

Zodoende was ik de volgende dag alweer om halfvier op. In de bakkerij hielp ik eerst met het uit de ijzeren vormen halen van de wittebroden. Daarna laadde ik de kar en om acht uur ging ik op weg naar een wijk in Maassluis waar arme mensen woonden en ik dus op zo’n vroeg tijdstip al kon aanbellen. Het was die dag ijzig koud, en om de tien huizen vroeg ik of ik mij even binnen mocht warmen. Tot elf uur ’s avonds liep ik van deur tot deur, wetend dat de ergste beproeving nog moest komen. Bijna aan het einde van mijn tocht bereikte ik het statige huis van de burgemeester op de Govert van Wijnkade. Daar hoefde ik niet eens te vragen of ik mij warmen mocht, daar noodde men mij vanzelf al binnen.

De oude burgemeester keek even om de hoek van de keukendeur, zei vriendelijk: 'Zo laat nog op pad?'

Ik knikte.

'Je zult het wel koud hebben,' zei hij, 'wacht, ik haal even een glaasje jenever voor je, dan word je warm vanbinnen.'

Na een ogenblik kwam hij terug met het glaasje, ik dronk het langzaam op, en viel toen heel even in slaap. Ik droomde van de haan, hij sleurde mij uit een groen huisje, de bijl in zijn linkervleugel. Met zijn rechtervleugel drukte hij me tegen de grond, hij hief de glinsterende bijl maar zei toen: 'Nee, eerst moet hij zijn schoenen uittrekken.' Ik werd wakker en zag dat mijn schoenveters los waren. Snel knoopte ik ze.

De dag daarop was het Kerstmis. Daar mijn vader dat jaar lid was van de 'aansteekploeg' (een groepje brandweermannen dat als eerste op diende te komen bij een alarm) trok hij alvast zijn uniform aan. Op eerste en tweede kerstdag brak er haast altijd wel ergens brand uit. Bij ons thuis mochten dan ook geen kaarsen gebrand worden. En van een kerstboom was al helemaal geen sprake. Puur heidendom, zei mijn vader altijd.

's Middags aten wij konijnenkoppensoep. Meestal wilden de opdrachtgevers van mijn vader de kop niet hebben, vandaar onze feestelijke kerstsoep. Verder onderscheidden de kerstdagen zich bij ons thuis in geen enkel opzicht van een gewone zondag.

Maar in het jaar van de haan zat ik tijdens de middagdienst angstig in de Gereformeerde Immanuelkerk. Steeds dwaalde mijn blik naar de bank van de burgemeester. Die moest inmiddels al van zijn taaie soepkip geproefd hebben. (Dat hij misschien pas 's avonds warm zou eten, kwam niet bij me op, omdat we bij ons thuis altijd 's middags warm aten.) Het leek inderdaad net of hij tijdens de preek af en toe een taai vezeltje tussen zijn tanden vandaan probeerde te peuteren. Ik probeerde aan iets anders te denken, zag onzichtbare lijnen in de kerk, lijnen van degenen die een slachtdier hadden geleverd, naar degenen die het hadden genuttigd. En steeds probeerde ik te begrijpen waarom ik die twee dieren verwisseld had.

Jarenlang heb ik gedacht dat ik de twee dieren verwisselde uit een, wellicht onbewust, protest tegen het feit dat uitgerekend de burgemeester – in mijn ogen dus iemand van 'hogere stand' – het mooiste dier moest krijgen. Maar ik denk nu dat er een heel andere reden was voor die verwisseling. Ik hield van de burgemeester, ik haatte de rioolwerker die uiteindelijk de haan kreeg. Onverdraaglijk moet iets in mijn binnenste het gevonden hebben dat een zo aardige man als de burgemeester zich zou vergrijpen aan die prachtige haan, ik wilde de burgemeester besparen dat hij een misdaad zou begaan terwijl ik het wel kon aanzien dat iemand die ik toch al verfoeide, zichzelf al etend met schuld belaadde.

Peterchens Mondfahrt

G.L. Durlacher

In het pashokje van Kindlers breiwarenwinkel hangt de rubberlucht van oude sousbras en de warme vertrouwde mufheid als in grootmoeders kamer. De speldenknoppen op het parket prikken in mijn hiel als ik hinkend op één been mijn andere door de broekspijp van het donkerblauwe matrozenpakje probeer te mikken.

Met half toegeknepen steekogen en spottendboos gespannen lippen kijkt de eigenaar naar het gestuntel. Mijn moeder, die ik mooi en deftig vind in haar lichtbruine veulenjas, staat half achter hem, verlegen zwijgend, keurend. Hij is een vijand, maar verkoopt aan joden, heb ik thuis gehoord. De broekspijpen voelen ongemakkelijk lang en kriebelig ruw boven mijn knieën en ik weet opeens dat zo de neteldoekse hemden aangevoeld hebben die Elisa in het sprookje voor de zwanenprinsen weefde.

Boos kijkt mijn spiegelbeeld mij aan, want de matrozenmuts, die veel zou hebben goedgemaakt, die krijg ik niet. In plaats daarvan een wollen bol met klep die ook op feestdagen kan dienen als voorgeschreven hoofdbedekking. Een lederen Tiroler broek met mooie benen knopen, zoals de buurjongens die dragen, zou ik duizendmaal liever willen hebben, maar die gedachte kan niet eens worden uitgesproken.

Verdriet en boosheid voel ik als de rand van de nieuwe broek langs de binnenkant van mijn ijskoude bovenbenen raspt.

Het vooruitzicht over enige dagen met mijn ouders naar de kerstvoorstelling van *Peterchens Mondfahrt* in de grote schouwburg te gaan, laat het ongerief snel vergeten.

In een mist van kleine sneeuwvlokjes, waarin de straatlantaarns als volle manen schijnen, lopen wij gedrieën langs de ramen van winkels en woonhuizen. Door halfgeopende gordijnen zijn verlichte kerstbomen en adventskransen zichtbaar die bij ons thuis ontbreken. Mijn moeder voelt mijn verlangen mee, maar vader wijst de wens naar wintergroen bars van de hand: wij immers hebben Chanoeka.

Hij loopt enkele passen voor ons uit. Een reus met donkere zware jas en stijve zwarte hoed met ronde rand, de Edenhat. Zijn wandelstok, het wonder met de verborgen paraplu, is groter dan ikzelf. Haast nooit gebruikt hij hem als steun bij het lopen; het is de lange wijsvinger waarmee hij mensen en dingen aanwijst en die hij omhoogzwaait bij elke groet.

Op de hoek van de Leopoldsplatz komt oom Rudi, vaders schoolvriend, lachend naast ons lopen. Hij lacht heel vaak en kan soms de scherpe vouwen boven vaders mond verzachten. De verlichte etalage van zijn winkel met speelgoed, keukenspullen en servies kan ik van hier nog zien. Het klappertjespistool dat ik nog pas geleden zomaar van hem kreeg, wordt als een schat door mij gekoesterd, maar helaas is de munitie op en mag niet worden aangevuld.

Wij lopen in de richting van het Kurhaus dat ik in het mistige licht vaag kan herkennen van de zondagochtendwandelingen naar de Trinkhalle, waar oude mensen stinkend water drinken en griezelige wandschilderingen met geharnaste ridders, draken, briesende paarden en angstige maagden mij kippenvel bezorgen.

Links van het Kurhaus schijnen door de kale bomen van de Lichtenthalerallee de melkwitte ballonnentrossen van de schouwburglantaarns. Tijdens zomer- en herfstwandelingen met mijn moeder en Senta, mijn zwarte herder, had ik nooit kunnen dromen dat het roze schouwburggebouw 's avonds een sprookjespaleis zou worden.

Rudi versnelt opeens de pas, rent met fladderende broekspijpen vooruit en wijst op twee meer dan levensgrote sneeuwpoppen, roze door de weerschijn van de schouwburgfaçade. Een slanke man, een dikke vrouw en tussen hen in een grote smalle hazewind met kolen als ogen.

De beelden herken ik door de hond: mijn tante en haar verloofde, de acteur met monocle, bontkraag en spitse schoenen. De koetsiers van de vigilantes waarin beiden avond aan avond naar de schouwburg rijden, hadden met z'n allen een monument van sneeuw van hen gemaakt uit sympathie of, zoals mijn vader opmerkt, vanwege de hoge fooien.

De wit-roze voorkant van het theater, het balkon met lampjes, de stenen figuren in de daklijst, alles lijkt groter, mooier, indrukwekkender dan overdag. Uit alle ruiten van de vele boogramen flonkert licht. De middelste van de drie toegangsdeuren staat wijd open en de rode loper komt ons tegemoet tot bij de stenen treden.

Alles om mij heen is sprookje. Het donkere rood van

onafzienbare rijen stoelen, de zacht hellende vloer, de lichtblauwe hemel met roze baby-engelen, de grote en kleine goudkleurige kandelaars, de maskers en de bolwangige bazuinblazers, de balkons als reusachtige elfenbanken, het rood glinsterende, golvende gordijn, dat alles lijkt wel het paleis van de koning waarin ik, de kleine Moek, op de tover-sloffen ben binnengevlogen.

Niet zo heel ver van het gordijn schuif ik, tussen mijn ouders in, naar het midden van een stoelenrij en zink bijna weg in het rode pluche. Achter mij giechelen twee meisjes met blonde vlechten en strikken. Omkijken durf ik niet.

Als de lichten langzaam doven, doven ook de geluiden onder het ge'shhhht' van ouders. Een waas van stilte en verwachting ligt over de zaal tot het moment dat vanachter de rechterkant van het gordijn een slee met witte namaakreeën en belletjes het toneel opglijdt. Een kleine kromme man met lange baard, bontmuts en bruine pij stapt eraf. Op zijn rug een volle jutezak, die hij in het midden van het toneel met een grom op de grond zet. Indringend gefluister glijdt door de rijen: 'De kerstman, kijk, de kerstman.' In plaats van het sprookjesachtige waarop ik gehoopt had, waarover mijn ouders thuis hadden verteld, waarvan ik melodieën als slaapliedjes kende, staat daar een kerstman die me angstig maakt met zijn twijgenroede en de zak waarin kinderen worden meegenomen.

Vanaf zijn hoge verlichte plaats spreekt hij ons toe, maar wat hij zegt dringt niet tot mij door. Dan noemt hij een naam of wijst een kind aan dat bij hem moet komen. Soms in tranen, soms heel moedig beklimt dat het toneel. Hij vraagt met zware stem of het kind dit jaar niet ongehoorzaam geweest is. De roede laat hij liggen en uit zijn zak pakt hij honingkoek en marsepein als de jongen of het meisje een lied voor hem zingt of een gedicht opzegt.

Mijn hart staat bijna stil van schrik als ik mijn naam hoor. Met gloeiend gezicht en tranen in de ogen probeer ik vergeefs mijn vrijheid te bepleiten.

De verlokking van 'Lebkuchen' en de geruststellende woorden van mijn moeder zijn niet bij machte de beklemming die ik voel te verdrijven. Dan versta ik het giechelend gefluisterde 'schijtebroek' achter me en driftig duw ik alle knieën opzij op weg naar het zijpad.

De trappen naar het toneel zijn hoger dan verwacht en als ik in het ravijn van de orkestbak kijk, vergeet ik mijn angst voor de kerstman. Groter lijkt hij hierboven. Hij wenkt vriendelijk en schoorvoetend loop ik over de plankenvloer naar hem toe. Naar zijn gezicht durf ik niet te kijken. De twijgenroede en de zak houden mij in hun ban en op zijn gebromde vraag naar mijn gedrag en mijn stoutheden antwoord ik met hees gefluister.

Hem kan ik toch niet vertellen van mijn wandaad in café Schweinfurt, waar ik uit verveling en boosheid over het langdurige geklets van mijn tante en de eigenares alle chocoladerolletjes en kersen van een grote witte Schwarzwald-taart in mijn mond gepropt had?

Of ik een lied voor hem wil zingen? een vers opzeggen? Mijn keel lijkt dichtgeknepen, mijn hoofd een draaimolen. Hij bromt: 'Kommt ein Vogel geflogen...' Ik probeer te zingen, maar geen geluid wil uit mijn mond komen. Uit de zaal ruisen stemmen. Hij buigt zich voorover en biedt mij zijn oor om in te fluisteren.

Dat oor ken ik, ook het haar eromheen en als ik zijn ogen van dichtbij zie, weet ik dat alles goed is. De angst trekt weg; ik kan hem wel omarmen.

Mijn keel gaat open en mijn stem jubelt: 'Jij bent het kerstmannetje helemaal niet, jij bent oom Herbert!'

Ik merk dat hij schrikt en zie hem dan lachen met dichtgeknepen lippen als van beneden sissende en klaterende geluiden komen. Waarom onze bovenbuurman, de toneelspeler, die zo vaak bij ons op de koffie komt, nu opeens voor kerstman speelt, begrijp ik niet. Ik zing het liedje dat hij mij voorgebromd heeft, dicht bij zijn oor, krijg een groot hart van honingkoek en loop in het felle licht van schijnwerpers tevreden en gelukkig naar de trappen naast de griezelige orkestbak.

Op weg naar de rij waar mijn ouders zitten, kijken mensen met lacherige of boze gezichten naar mij.

Langs vele knieën schuif ik naar mijn plaats. Nog zo diep ben ik in mijn avontuur verzonken dat ik opmerkingen van toeschouwers niet versta. De blonde meisjes in de andere rij kijken weg alsof ik lucht ben. Hun vader met zijn kortgeknipte stekelhoofd buigt zich voorover en snauwt mij bits toe: 'Brutaal jodenjong, ik zal je...'

De andere woorden verdrinken in de eerste maten van de ouverture en met het hart in de keel wacht ik tot het gordijn opengaat.

De Christusstand

Jan Siebelink

'Eén keer heb ik het gezien. Zijn blik, opgewonden, verrukt, stralend, gleed over de dunne vaas, met de vingertoppen wreef hij voorzichtig over de hals, legde de handen eromheen in een bijna teder gebaar en drukte het glas fijn, terwijl uit zijn mond een sissend geluid kwam, als van een slang die zijn prooi worgt en hij kneep... en kneep... en zijn knokkels werden helemaal wit. Met geweld moesten we zijn vingers openbuigen. De nagels, die we altijd zo kort mogelijk houden, hadden bloederige strepen in de palm gedrukt.'

De directrice van het christelijk tehuis voor dove bejaarden 'Hoort mijne stem' te E., dat daar met zijn brede gazons en diepe vijvers zo groots ligt aan de toegangsweg van de nieuwe satellietstad, keek glimlachend naar de jonge, magere vrouw. Deze had leikleurige, iets uitpuilende ogen die de glazen van haar bril leken te raken, wat haar een schrikachtig voorkomen gaf. Maar nu was ze echt bang en ze beefde een beetje toen ze zei:

'En zijn ogen, hoe keken die?'

De directrice deed eerst of ze haar woorden niet hoorde en ging verder:

'U hebt geen idee wat een kracht hij in die handen heeft!

Oude, trillende handen, maar... Hoe hij keek?'

Ze dacht na. Na een ogenblik zei ze:

'In zijn ogen lag een krankzinnige haat.' De jonge vrouw keek ongelovig. Ze wist niet wat echte haat was.

'Ik weet het niet zeker,' zei de directrice, 'maar ik geloof dat de oorsprong van die haat verdriet is, een groot verdriet.'

'Een groot verdriet,' herhaalde de jonge vrouw die niet wist wat een groot verdriet was.

'Bijna zou ik zeggen: een verborgen, een gesmoord verdriet.' Ze voelde dat ze grote indruk op de jonge vrouw maakte. Ze genoot ervan.

'Flessen en vazen,' vervolgde ze, 'als hij ze in het oog krijgt, vliegt hij erop af. Hij beschouwt ze als prooien... Zolang het bij flessen en vazen blijft...' Ze glimlachte.

De jonge vrouw slikte speeksel door, keek haar met angstige ogen aan en begon zacht:

'Maar...'

De directrice onderbrak haar, keek naar de brede, gebogen gestalte die tussen hen in stond in de ruime hal en schreeuwde:

'Je handen, Savelkouls!' Met zijn sombere, verschoten ogen – de glans was er al sinds lang uit verdwenen – staarde hij tussen de beide vrouwen door naar buiten. Naar de vijver waarop de regen uiteenspatte.

'Hij leeft in een zwijgende, stille wereld. Als de omstandigheden optimaal zijn – batterijen van zijn gehoorapparaat op spanning, niet verkouden, regenweer – komt soms een klank of een half woord door.

Savelkouls,' schreeuwde ze.

De naam weerkaatste hard en sinister op die late ochtend van de eerste kerstdag.

'Je handen.'

Hij keek haar zonder uitdrukking aan. Ze greep zijn handen, draaide ze in een snelle beweging naar buiten open en toonde triomfantelijk de ontelbare bleke littekens, diepe rode puntjes en bruine roofjes.

De jonge vrouw keek. Haar mond raakte vol speeksel.

'Onder de pleister zit een gapende wond. Er zitten nog scherfresten in, zegt de dokter. We waren te laat vorige week. Zijn buurman op de etage liet bezoek uit, hij glipte naar binnen, griste een vaas van de tafel... De verpleegsters zijn een beetje bang voor hem. Ze zeggen dat hij een griezelige verbeelding heeft.'

Ze liet zijn handen los. Onverschillig, met een licht zetje.

'Ik geef toe. Hij is erg zwijgzaam. Vreselijk gesloten. En hij heeft van die grillen. Gisteren stak hij zomaar, zonder enige aanleiding, de keu in het biljartlaken. Nu kan vanmiddag het toernooi niet doorgaan. Maar dat heeft niets te maken met de vazen en de flessen.'

De stem van de jonge vrouw baande zich een weg door het overvloedige speeksel.

'Is het dan wel verantwoord?' kwam er zacht en aarzelend uit.

'Als je hem maar goed in de gaten houdt. Alleen, als hij naar z'n hoofd grijpt, in een paniekgebaar, moet u hem zo gauw mogelijk weer terugbrengen.'

Om het gebouw gromde de wind. De jonge vrouw snakte naar adem.

'Ik laat hem liever hier,' zei ze, smekend bijna.

'Voor het biljart is hij streng gestraft. Voor de vaas ook. Hij haalt voorlopig geen gekke dingen meer uit. Heus, u kunt hem gerust meenemen. 't Is goed dat hij er 's uitkomt. Hij heeft niemand. Eigenlijk hoort hij niet in een gewoon bejaardentehuis, maar hij is zo zachtmoedig.

Hè, Savelkouls, we kunnen 't goed met elkaar vinden?'

Ze tikte met één vinger tegen zijn wang, geniepig hard. Savelkouls staarde naar de regen. Hij glimlachte, maar dat kon de directrice niet zien. Ze begreep in de verste verte niet waar hij met de jonge, bleke vrouw naartoe ging. Hij verachtte de directrice. Dat het leven hem nog zo meezat, na die teleurstelling met de fontein, had hij nooit kunnen denken. Waarom ging die vrouw nu niet? Langzaam liep hij iets achteruit, in de richting van de draaideur. Enkele passen. Verder durfde hij niet te gaan. Hij keek naar de beide vrouwen. Daar stond hij, de oude Savelkouls. Zeventig jaar. Gebogen, in een kleurloze, tot bovenaan dichtgeknoopte regenjas. Nog steeds was hij breed in zijn schouders. Nog was te zien dat hij smal was in de heupen. Een driehoeksfiguur bezat hij. Het figuur van een echte turner... Niets bewoog aan zijn gezicht. Alleen de spieren van zijn wang trokken samen en ontspanden zich.

De jonge vrouw keek op haar horloge.

'Ik moet weg,' zei ze. 'Het is al één uur. Over een uur begint het kerstspel.' Haar bril was beslagen, maar ze durfde hem niet af te zetten en schoon te vegen. Ze begon bijna te huilen. Ze haatte de vrouw tegenover haar.

'Waar wordt het kerstspel gehouden?'

'In de gymzaal,' zei ze en ze kreeg tranen in haar ogen.

'Ik dacht het al,' zei de directrice zacht. 'Ik was er al bang voor. Hij heeft iets tegen gymnastiekzalen. We doen elke dag bejaardengymnastiek. Voor de ingang blijft hij altijd stokstijf stilstaan. Hij kijkt naar boven, waar de ringen en de touwen hangen... Degene die achter hem loopt, moet hem een flinke por geven...'

'Hebt u dan geen andere bejaarden?' vroeg de jonge vrouw wanhopig.

'Nee. Ze krijgen allemaal bezoek van kinderen en kleinkinderen. Ja, de oogst is schraal. Maar er zijn hier zo veel bejaardentehuizen. U krijgt de zaal gemakkelijk vol. Er is zo veel eenzaamheid. Zo veel ongewilde eenzaamheid. Uw collega's zullen meer succes hebben. Straks zijn er nog te veel. Hoeveel gaan er in de zaal?'

'Ik weet het niet,' zei ze onwillig. Ze wendde haar hoofd af. Ze kon het niet meer over haar hart verkrijgen de directrice een hand te geven, ze liep op Savelkouls toe en samen verlieten ze het gebouw.

De directrice keek de auto na die in de stromende regen wegreed.

Al vroeg die morgen had hij voor het raam gestaan. In zijn hoofd deinde de zee en suisde de wind, maar hij hoorde nu niet het razende lawaai van de machinekamer, het stampen van de boot... Hij keek omhoog. De rivieren in de hemel waren zwart en de wolken ijzergrijs met lichte vlekken. Om de flats aan de overkant hing een vreemd, onzichtbaar licht. Hij kon de hoogste etages nauwelijks zien. Ze glansden als de zee. Hij raakte in lichte opwinding. Het water dat de wind tegen de ruiten joeg, viel in stroompjes uiteen, wriemelde, wirwarde, versmolt, zakte weg, net als vroeger op de brug van het schip.

Zijn hele leven had hij gevaren, op een bananenboot.

Toen ook al voelde hij zich het best als de golven over het schip sloegen en de regen neerkletterde. Om het schip hing dan een gele schemering, waarin de tijd niet meer bestond. Dan voelde hij het verdriet minder erg. Alsof het met het water van het dek wegstroomde.

Soms hoorde hij het stampen van de boot zo duidelijk dat het leek of deze door zijn hoofd voer. En het kwam voor dat er werkelijk een boot in zijn hoofd was. Dan stompte hij met de knokkels tegen zijn schedel om de boot eruit te jagen... hij hoorde het applaus dat van de tribune klonk, hij hing tussen hemel en aarde... op dat moment kwam het ergste, iets waar hij werkelijk bang voor was... want dan werd het helemaal stil, het applaus was allang weggestorven, hij was alleen, met haar, ze keek naar hem op, maar hij kon zich haar ogen niet goed herinneren, groot waren ze en helder... als het helemaal stil was, voer de boot uit zijn hoofd... dat moment... die scheiding... dan dacht hij dat zijn hoofd uit elkaar zou springen en moest hij er zo hard mogelijk tegenaan stompen... dan raakte hij in de war... alles raakte door elkaar... Nu was het rustig. Alleen het zachte suizen van de wind.

De deur van zijn kamer ging open. Een verpleegster keek de kamer rond. Hij had het niet in de gaten.

'Bijna negen uur,' mompelde hij tamelijk hard. Hij ging in de stoel bij het raam zitten. Nog even. Dan zou de fontein gaan spuiten. Vanuit zijn kamer kon hij precies op de kop van de straal kijken, waar deze knikte en omlaag viel. Op die knik schuimde en kolkte het. Met de regen buiten zou het nog mooier zijn!

Het werd helemaal een fijne dag vandaag. Het ontbijt

was al zo lekker geweest met die snee rozijnenbrood waarin een brede plek spijs zat. Jammer alleen dat het biljarttoernooi niet doorging. Het laken was moedwillig kapotgestoken door iemand van zijn etage. En dan kwam het diner met z'n allen in de grote zaal. Hij keek weer op zijn pendule. Het was allang negen uur. De fontein spoot niet. Hij boog zich voorover. Hij kon de sproeier in de vijver niet eens zien. Hij was teleurgesteld. Zou de sproeier kapot zijn? Hij zou het straks vragen. Hij had opeens geen zin in het diner meer. Hij sloot zijn ogen en soesde weg. Er ging een hele tijd voorbij. Toen schoot een gedachte door hem heen, hij deed zijn ogen open, stond op en liep naar het dressoir. Hij ging er op zijn hurken voor zitten en trok de onderla open. Op het moment dat hij zijn hand erin wilde steken, kreeg hij een zachte tik in zijn hals. De verpleegster stond achter hem.

'Foei,' zei ze, en deed de la dicht.

Hij ging op zijn plaats bij het raam zitten. Ze ging voor hem staan.

'Niks stuk te maken,' en ze maakte een gebaar alsof ze ergens in kneep.

Ze ging weg.

Opnieuw genoot hij van de stille knusheid van de kamer. Hij frunnikte een beetje aan een bloem in de vensterbank en keek naar de regen. Omdat de fontein het vandaag niet deed, regende het misschien wel. Hij dommelde langzaam weer in slaap. Hij werd wakker gestoten, omdat er koffie was, maar het was zo roezig in zijn hoofd, dat hij weer wegzakte. Hij droomde. Hij schrok wakker, maar kon zich niets meer herinneren. Hij peuterde in zijn hand en haalde er een kleine, glinsterende splinter uit. Hij keek er naar. Het leek of zijn ogen diep doordrongen in het blauwe stukje glas. Haastig stond hij op, liep naar het dressoir, hurkte, trok de la open, voelde in de diepte tot aan de plank van de achterwand, tastend ging zijn hand erlangs...

Hij had niet gezien dat een kleine auto voor de ingang stopte.

Op die naargeestige kerstochtend was het al vroeg druk in de middelbare school van de stad. In de glazen pergola legde men de laatste hand aan de kerstversiering. Enkele mannen omwikkelden met wit crèpe-papier ijzeren emmers waarin overdadig opgetuigde dennenbomen stonden. Er was zelfs een blauwe douglasspar bij. Overal hingen slingers, veelkleurige lampen. Tegen de muur, waar het conciërge-hokje begon, stond op de grond een manshoog kruis van zilveren ballen. Men zag geen kans dit op gepaste wijze hoog tegen de muur te krijgen.

Maar zo was het ook mooi. De kleuren van de kerstverlichting glinsterden erin. Je kon er wel naar blijven kijken.

'Hangt het doek al buiten?' vroeg een jonge vrouw. Ze was van het comité.

'Nog niet,' zei een knokige, heel lange jonge man die net aan kwam lopen. Zijn handen zaten onder de zwarte verf. 'Ik heb het nog wat bijgewerkt.'

'Het moet nu naar buiten,' zei ze.

'Het regent zo. Het is zonde. De letters zullen onmiddellijk uitlopen.'

De vrouw keek de jonge man aan. Ze was moe. Weken had ze aan de voorbereiding gewerkt.

'Het doek gaat nu naar buiten!' zei ze vinnig en tegelijk

kon ze wel huilen. Zo vol verwachting was ze. Ze deed het voor de eenzamen, maar ze hoopte ook zelf iets te ervaren. Iets van een hevig gevoel. Iets dat haar in beroering zou brengen. Een bijzondere ontmoeting misschien.

'Om elf uur gaan de kerken uit. Dan zal het gauw te druk worden om nog iets te doen,' voegde ze er zachter aan toe.

Even later hing het doek aan twee touwen tegen de ramen te wapperen. Alle medewerkers, zo'n dertig, liepen snel naar buiten om te kijken. In zwarte letters, zichtbaar over grote afstand bij helder weer, stond geschilderd:

WELKOM IN DE KERST-INN.

De jonge vrouw had eerst voorgesteld: kerst kom erin.

Daartegen waren veel bezwaren ingebracht, van allerlei aard.

Ze namen het er even van. Ze dronken versgezette koffie. Hun ogen dwaalden langs de kraampjes, gezellig ingericht onder parasols in zomerse kleuren. Je kon fluitje-snijden beoefenen en met pitriet en leer iets maken.

Voor het kruis zou straks een jonge, blinde vrouw gaan staan en op haar accordeon verzoeknummers spelen. Nu stond zij nog bij de kraam tegenover de hoofdingang. Dat was de kraam die het meeste geld gekost had. Een iconenspecialist stond erin, uit België, met schitterende reproducties op houten planken. Hij zou iets vertellen over de geheimzinnige beslotenheid van de Russisch-orthodoxe Kerk. Het was wel een enge man. Zo klein en met zo'n groot kaal rose hoofd. Hij liet de handen van de blinde over de starre ogen van de blauwe heilige gaan.

Onder de koffie nam de regisseur van het kerstspel – hij was ook de auteur ervan – nog wat details door.

'Misschien lopen de letters nu al uit,' zei de jonge man die het doek geschilderd had.

Hij was therapeutisch medewerker in een ziekenhuis in de naburige grote stad, maar hij kon ontzettend zeuren.

Ze zwegen allemaal.

Toch wekte zijn vraag lichte onrust op. Niet vanwege de letters. Maar met dit weer kwam er geen mens op straat. Het doek was bestemd voor toevallige passanten.

'Er is een advertentie geplaatst,' zei iemand.

'Het klaart straks misschien op,' zei een ander, terwijl hij naar het verlaten, drijfnatte schoolplein keek, waarover een vaal geel licht scheen.

Het was intussen twaalf uur geworden. Ze keken elkaar aan.

'Ze komen heus wel,' zei de Belg. 'De eenzaamheid is nog veel groter dan je denkt.' Hij hield nog steeds de hand van de blinde vast.

En de jonge man zei:

'De eenzaamheid omgeeft de mensen als een ijzige deken die hen langzaam verstikt.'

'Je kunt beter zeggen: als een natte deken,' zei de Belg en wees met de hand van de blinde naar buiten.

Hoewel niemand de jonge man mocht, konden ze het ook niet over hun hart verkrijgen te gaan lachen.

Toen kwam er een kleine, gebogen gestalte het schoolplein op. Met vreemde snelle pas. Ze leek bijna te vallen, maar ze bleef even gehaast doorlopen. De deur ging al voor haar open.

Vier medewerkers gingen haar tegemoet. Ze hielpen haar de twee treden op. De anderen bleven wat op de achtergrond. Je kon niet met z'n dertigen op een eenzaam vrouwtje af vliegen. Ze moesten er zelf bijna om lachen. Om die gedachte. Maar er ontstond toch een licht gegons en ze mompelden instemmend allemaal tegelijk:

'Als er één schaap over de dam is...' Beschaamd hielden ze allen tegelijk op.

Uit een cassette klonk muziek, 'Nu syt wellecome'.

Enkele medewerkers zongen zacht mee en bewogen als een slang sierlijk hun bovenlichaam.

De warmte was weldadig. De lichtjes schitterden in de zilveren ballen. De ruiten waren beslagen. Ze werd uit haar jas geholpen. Ze liet zich neervallen op de bank, links naast de deur.

'Het is te koud voor u hier,' zei een man van middelbare leeftijd, met pafferige wangen, zware oogleden en eigenaardig gebogen wenkbrauwen die hem een slaperig uiterlijk gaven.

Vinnig zei ze:

'Ik blijf hier zitten.'

Ze was onwaarschijnlijk klein en mager. De rimpelige, ingevallen wangen zaten overdreven in de rouge. Heel slordig. De natuurlijke zandkleur was op grote plekken te zien. Haar lippen waren paars aangezet. De handtas op haar schoot hield ze krampachtig vast. Ze keek kittig in het rond, vond iedereen.

De jonge man ging naast haar zitten. Hij rook de dranklucht die van haar kleren kwam.

Toch zei hij heel vriendelijk:

'Wat wilt u drinken?'

Zonder hem aan te kijken, zei ze beslist en met stemverheffing:

'Punch.'

Iedereen brulde van het lachen.

'Dat is een mooi type, zeg.'

'Wat heerlijk ondeugend.'

'Moet je die ogen zien.'

'Fel, duister.'

'Bezeten.'

'Er is wel koffie of warme chocolademelk.'

De jonge man bleef rustig. Hij kende de fasen van het 'helpende' gesprek.

Ze keek strak voor zich uit. Het was of ze het lachen niet hoorde.

'Hete punch. Gloeiend hete punch.'

Ze perste haar lippen op elkaar en in het paars verschenen bleke, rafelige vlekken. Haar magere handen knepen in de handtas.

'Ha, ha.'

Met die bleef je lachen. Er kwam eindelijk sfeer in de pergola. Het werd tijd.

De jonge man observeerde haar groeiende nervositeit. Hij schatte het in als een pathologisch geval. Hij zou eerst wat koffie gaan halen. Hij wilde opstaan, maar ze greep hem bij de arm en duwde hem terug. Ze schreeuwde:

'In de rokerige, schemerige schittering van deze inn, in zijn lauwe warmte die mij als een morsige deken omgeeft, wil ik hete punch.'

Het lachen verging hun snel.

'Ze heeft het óók over een deken,' fluisterde een medewerker.

'Ze heeft gedronken,' zei de jonge man en richtte zich tot zijn collega's. 'Vrouwen die drinken, dat is het ergste wat er is.'

Hij zuchtte en dacht:

Ik ben niet in staat om hier te helpen. Wat is de mens een afschuwelijk raadsel!

Iedereen schrok op toen de vrouw boosaardig riep:

'Ik begrijp er de ballen van.'

De jonge man stond snel op. Vol afschuw keken de gastvrouwen en -heren haar aan.

'Wat geeft die vrouw zich bloot,' zei de jonge man. 'Wat stuitend als je zo gevangen zit in je eigen rol.'

Ze keken haar niet meer aan, lieten haar voor wat ze was.

'Ze is waanzinnig,' zei de pafferige man en hij ademde luidruchtig. Ze zagen niet dat ze als een klein hoopje geschminkt vel in elkaar zakte, dat haar ogen vol angst stonden, en ze maar kneep in het hengsel van haar handtas.

'Er moet snel wat gebeuren.'

'Er komt geen mens.'

'We zullen toch de bejaardentehuizen af moeten.'

'Uiterlijk één uur terug.'

'Vergeet het *casa nuestra* niet.'

'Zeg in ieder geval dat er toneel is.'

'Dat trekt.'

De medewerkers stoven op de deur af. Ze wisten wat hun taak was. Enkelen bleven achter om nog wat te redderen.

De oude vrouw staarde naar haar handen. Zo nu en dan gleed haar tong over de paarse lippen.

Savelkouls voelde een hand die hem bescheiden op de rug tikte. Hij keek op en zag een vreemde vrouw.

Van haar regenjas vielen druppels. Ze deed haar hoofddoekje af. Ze leek op het hoofd van de keuken. Dezelfde kikkerogen. Ze sprak heel langzaam tegen hem. Hij moest in zichzelf glimlachen. Ze deed haar best. Hij zou toch niets verstaan.

Het was in zijn hoofd drukker geworden. Hij dacht dat twee schepen elkaar passeerden. Ze toeterden...

Ze wees op de deur.

Of hij meeging?

Hij schudde nee met zijn hoofd.

Hij ging niet mee. Hij hield niet van de directrice. Maar hij bleef wel hier. Hij woonde hier. Het was juist zo'n gezellige dag vandaag. Behalve de fontein dan. Hij wilde dat ze wegging. Hij ging expres uit het raam kijken. In de ruit zag hij haar lippen bewegen.

'Er is ook toneel!'

Ze leek bijna te smeken. Verstond hij het goed? Bordeel? Het kwam van heel ver tussen al het lawaai in zijn hoofd door.

Nu hoorde hij het weer. Als hij ergens op gespitst was geweest, zijn hele leven lang, was dat het wel: het bordeel. Hij kreeg het warm. Hij moest zijn opwinding goed verbergen. Hij draaide zich een beetje van het raam af. Keek haar stuurs aan. Zo'n type was ze toch niet! Maar ze had smalle wenkbrauwen en een rode blos. Het waren andere tijden. Ze maakte nu een drinkbeweging en ze deed of haar mond vreselijk brandde. Nou, dat moest een sterk goedje zijn!

De vrouwen. Hij kende ze in allerlei ras en variëteit.

Achter de bananenloodsen kwamen ze vandaan als hun schip aanlegde in het Panamakanaal. Hij kende hun familiaire toon, hun donkere ogen... haveloze gieren zaten in de brede dakgoten... je liep met ze mee een steeg in waar nooit licht kwam... steil naar beneden en dan weer naar boven. In de holte van de straat waren links en rechts trappen die als het ware met de ruggen naar elkaar toe waren gebouwd en dan kwam je via stinkende gangen in een bar... dat was ook op een kerstavond... het meisje was verdrietig geweest... ze deed het niet graag met mannen op kerstavond... hij kon haar gezicht in de bar zien, die zwart was en spiegelglad. Ze had zo vreemd gedroomd vannacht, verklaarde ze. Boven haar hoofd zweefde een klein mannelijk orgaan, lief, roze, bruin, met grote zachte ogen en het veranderde langzaam in een engel en er kwam een nieuwe aangezweefd en die veranderde ook in een engel. Op het laatst hing er een hele tros engelen boven haar. Ze keken naar haar en ze zongen. Maar hun ogen waren wreed en hun stemmen hard en snerpend, met scherpe keelklanken. Heel andere dan ze zich van engelen voorstelde.

Hij had heel lang peinzend naar haar gekeken. Toen was hij dronken geworden...

Ja, knikte hij. Hij wilde graag mee.

'Zit u zo goed?'

Hij keek de jonge man aan.

'Wilt u wat drinken?'

Hij keek langs de jonge man heen.

Deze keek naar de koffiebar.

Het was geen bordeel. Nee. Even nog dacht hij... die

vrouw met de griezelige nietszeggende ogen die dicht tegen die kleine, bijna mismaakte man aan stond... en dat grote flonkerende kruis... en de duurdere gelegenheden... Hij had zich vergist. Hij kreeg een plastic beker in zijn hand gestopt. Uit een grote ketel schonk de jonge man koffie. Hij zette de beker gauw neer. Zó heet was het aan zijn handen. Een behaaglijk gevoel doorstroomde hem. De verlichting was hier mooier. De kerststerren waren groter en roder. De oude vrouw bij de deur was een hoopje ellende. Waarom zat niemand naast haar? Hij liet de jonge man maar praten. De kleine man met het grote hoofd kwam op hem af en liet een plankje zien. Met zijn bleke vinger wees hij op de ogen van de afbeelding. Savelkouls had ze veel mooier gezien, veel groter. In Odessa, op een altaar van rood marmer. Hij had een beetje minachting voor de man. Hij keek langs het plankje heen. Twee gehandicapte bejaarden, in blikkerende rolwagens, gleden met hun handen over de zilveren ballen van het kruis.

Een kleine groep donkere mannen, met droeve gezichten en een bruin gebreid mutsje op het hoofd, stond met de rug naar het kruis. Het was een gezellige drukte. Bijna alle andere mannen die rondliepen hadden grote, uitstaande baarden. Die zouden nooit kunnen aanmonsteren. Dat was levensgevaarlijk. Hij werd nu aan zijn arm omhooggetrokken. Hij bleef liever zitten. Hij was een beetje versuft. Hij zou vragen of hij zo weer naar huis mocht. Maar de jonge vrouw die hem gehaald had, draafde nog steeds langs hem heen met een bezorgd gezicht. Hij voelde een vage pijn in het bot in zijn achterhoofd. Bij een tafel kreeg hij een stuk custardpudding met gekleurde stukjes, op een schotel van hard papier. Die pudding kreeg hij ook op het schip, 's zondags.

De jonge man liet hem alleen. Savelkouls keek in het halfduister van het schoolplein. Er begon zich weer een boot te vormen. Hij voelde een vreemd onbehagen. Hij wilde naar huis. Er gebeurde iets vreemds met hem. Hij was bang. Hij was nooit echt bang. Alleen als het schip uit zijn hoofd wilde. Het deed wel pijn in zijn hoofd nu. Om hem heen was niemand. Aan het eind van de gang stond men druk te gebaren. Met zijn puddinkje in zijn hand keek hij ernaar.

'Het moet doorgaan,' zei de regisseur geagiteerd. 'Al dat werk.' Hij kon wel huilen.

'We hadden het anders moeten opzetten,' zei de jonge man.

'Och, jij, hennekop,' viel de vrouw met de uitpuilende ogen tegen hem uit, fel en bitter. 'Jij...' Ze keek vol minachting.

De jonge man keek nerveus van de dennenboom naar het klapperende doek buiten.

Men dreigde zijn zelfbeheersing te verliezen. Ze fronsten allen de wenkbrauwen, beten zich op de lippen, keken nors en somber.

'Het gaat door,' mompelde de regisseur vertwijfeld. 'Al moet ik het alleen doen.'

'Natuurlijk,' zei iedereen. Ze schrokken van zijn dreigende toon.

Niemand zag hoe wanhopig Savelkouls' ogen waren geworden.

Hij greep naar het uitzinnige lawaai in zijn hoofd. De custard viel uit zijn handen en gleed in lange, gele spetters uiteen op de tegels. Er verstreek een hele tijd. De regen hield aan. Hij keek rond, peuterde een flintertje glas uit zijn hand, een druppel bloed kwam tevoorschijn, de hele groep medewerkers kwam zijn richting uit, maar hield stil bij de iconenspecialist en de blinde vrouw.

'Komt u mee naar de gymzaal. Het kerstspel begint zo.'

'Ik blijf hier,' zei de iconenspecialist.

'Ik ook,' zei de blinde vrouw en er was een lichte trilling merkbaar in haar zware wenkbrauwen.

Ze hield de hand van de Belg vast. 'Ik kan de iconen niet alleen laten.'

Vol afgrijzen keken de medewerkers hen aan. Ze wendden zich van hen af. Ze kwamen nu op de andere bezoekers af. Ze werden in een rij gezet.

Savelkouls stond naast de oude vrouw die naar alcohol rook. Hij kreeg door een medewerker haar linkerhand in zijn rechter geduwd. Achter hen de gastarbeiders, twee aan twee, en dan de rolstoelen. Voor hen formeerden zich na enig geharrewar de medewerkers.

Helemaal voorop stond de pafferige man, in zijn handen het kruis van zilveren ballen. Dat gaf een feestelijk tintje aan de stoet die door de lange gangen van de school trok. In de hitte die daar hing besloegen de ballen, en de stoet voor Savelkouls fluisterde:

'Hij maakt misbruik van haar blindheid.'

'Een smeerlap.'

'Wie had dat kunnen denken.'

'Op eerste kerstdag.'

'De iconen zijn de vlag die de lading dekt.'

'Met dat grote, gemene, roze varkens...'

'En die lange, bleke vingers waarmee hij haar...' (zei de jonge vrouw.)

'Ze heeft geen nummer gespeeld.'

'Haar vingers lagen verstrengeld tussen zijn vingers...' (zei de jonge vrouw.)

'Zij, met die griezelige, holle, doffe ogen...' (zei de jonge vrouw.)

Ze zwegen, ontweken elkaars blik.

De neerkletterende regen was hier niet te horen. In een bocht, op een console, stond een buste van Homerus.

Iemand mompelde iets wat begon met 'Quod'.

Ze kwamen voor een deur. De deur ging open en de stoet ging de gymzaal binnen. Even deinsde Savelkouls terug, voor de ingang, toen hij de gymattributen onderscheidde, maar het leek of hij een harde zet van de directrice in zijn lendenen kreeg, en half struikelend, de oude vrouw meetrekkend, kwam hij de grote zaal binnen waar lange rijen stoelen stonden, zonder middenpad.

Op de eerste rij zaten de gastarbeiders. Langs het wandrek de rolwagens. Hij en de vrouw, hier met z'n tweeën, in het midden. Zó zou het straks toch lijken, als het licht uitging, of de zaal goed gevuld was.

Alle medewerkers verdwenen achter het toneel. Ontmoedigd, versuft, verdoofd door het geluid als van hamerslagen aan de binnenkant van zijn hersenen, dwaalden zijn ogen door de ruimte. Van het toneel naar de kleine hals van de vrouw – vol rimpels, plooien en ingevallen aders – en langs het wandrek omhoog naar de donkere ramen, waarlangs grote druppels lekten – het licht was nu helemaal uit de hemel verdwenen – naar het plafond, waaraan de opgetrokken ringen zaten... en het was alsof zijn geest een bijzondere prikkel kreeg (de vreemde gymzaal? de gebeurtenissen van deze dag? de fontein? de hoer achter de bananenloods?); de uitzinnige razernij in zijn hoofd bedaarde. Er trad een kalmte in. Hij onderging de sensatie van een zuigend geluid. Alsof, in zijn hoofd, het water terugweek van het schip en er een onbekend gedeelte van zijn geest bloot kwam, als nieuw land dat tevoorschijn komt wanneer de hoge golf terugvloeit.

Een gebeurtenis schiftte zich af uit zijn verleden. Hij deinsde terug voor die herinnering, maar alsof er een lamp op gericht was, werd ze helder en precies.

En terwijl het licht in de zaal uitging, en er iemand verscheen in een wit laken, die in zijn hand een lange stok droeg met aan het uiteinde daarvan een witte ster, vulde het hooggelegen, door bossen omgeven sportveld te V. zich met het hete, trillende licht van een middag in mei, met de roezige geluiden van duizenden die zich verdrongen langs de hekken en hun halzen strekten, als hongerige ganzen op de tribune. Uit alle delen van het land waren de turners samengekomen. De hele morgen was het hoofdveld vol geweest met jongens en meisjes die massaal de knotsen of de linten zwaaiden.

'S Middags traden de turners individueel op.

Rek, brug, grondgymnastiek en ringen.

Eindelijk.

Het was vier uur.

Hij was de laatste. Het moeilijkste onderdeel.

Hij stond onder de ringen.

Met zijn gezicht naar het publiek.

Hij wreef wat magnesium uit het kistje aan zijn handen, zodat zijn greep nog vaster zou zijn.

Het was doodstil.

Hij keek omhoog, sprong, greep de ringen en duwde zich omhoog, boog de touwen uiteen, terwijl hij op dezelfde hoogte bleef hangen, zijn benen strak naast elkaar.

Gekleed slechts in een lange nauwsluitende broek van roomkleurige, zachte stof.

Niets eronder droeg hij. Het zou hem hinderen.

Zijn bovenarmen zwollen. Door de spanning leek het of met peilstiften in zijn rug werd geprikt, of geweldige klauwen zijn schouders naar beneden drukten. Centimeter voor centimeter weken de touwen verder uiteen.

Tot zijn armen helemaal gestrekt waren.

De touwen trilden.

De spieren trilden.

Zijn schouderbladen dreigden te scheuren. De ringen kraakten in hun leren hengsels.

Hij hing.

Ver boven de aarde.

De Christusstand.

Pure kracht en pure beheersing van de spieren, in volmaakt samenspel. Het publiek, bang dit magische ogenblik te doorbreken, hield zijn adem in. Maar toen, na lange seconden, begon het applaus dat niet meer ophield...

Uren later, toen het applaus nog in zijn oren klonk, toen de bussen wachtten om allen weer naar huis te brengen, en ongeduldig toeterden, had zij hem gevraagd het nog één keer te doen.

Voor haar alleen.

Die dag had hij haar voor 't eerst ontmoet. Ze had lange, mooie benen. Haar ogen waren vol bewondering, bruin en brutaal. Ze woonde in een andere plaats. Hij had haar adres al.

Nog één keer. Voor haar alleen.

Opnieuw sprong hij omhoog. Zijn ogen gericht op de lege tribune.

Opnieuw boog hij de touwen uiteen.

Haar ogen kon hij niet zien.

Hij zag niet de boosaardige grijns.

De zon hing blikkerend rood tussen de hoge bomen en wierp rafelige weerschijn op het gras.

Van zijn naakte borst lekten rode druppels.

De zon verblindde hem. De zon danste voor zijn ogen.

Hij was vermoeid, maar het lukte. De tweede keer die dag.

Een ruk. Nog een ruk.

Schel gelach dat over het veld rolde, in de touwen van de ringen klom, en over de banken van de tribune en de hele wereld vulde, die lag tussen de bomen die hem omsingelden, en zich propte in zijn hoofd. Onder aan zijn benen kronkelden zijn broekspijpen, als roomkleurige kurkentrekkers.

De bussen toeterden.

Op zijn kleine piemel flitste rood het zonlicht.

In de meest volstrekte naaktheid hing hij daar.

Ontbloot.

Ontveld.

Met een woeste schreeuw liet hij zich op de grond vallen. Verlamd bleef hij liggen, verbijsterd door zo veel wreedheid, onverwachte wreedheid, in machteloze woede, in rauw verdriet.

Veel later was hij naar de stad gegaan om zijn wraak te stillen. De straat die ze had opgegeven, bestond niet eens.

De beelden verbleekten, trokken zich terug in het duister. Het water van de zee kwam weer opzetten, golven sloegen langszij.

Schaduwen kropen over de wanden in de gymzaal, schoven over elkaar in een wirwar van vertraagde bewegingen. Als door een vlies zag hij dat het hele toneel volgestroomd was. Niemand herkende hij. Ze droegen vleugels van transparant papier. Ze bewogen, ze grinnikten, leek het. Of grijnsden ze?

Hun monden hingen ver open.

Hij draaide zich naar de vrouw toe die roerloos naast hem zat. Hij voelde een stekende pijn in zijn hoofd. Uit het bot van zijn achterhoofd kwam een heel konvooi opzetten. De zee was ruw. De golven beukten op zijn trommelvliezen. Engelen op toneel, engelen boven de hoer, schimmen van engelen die roken naar drank en langzaam verflauwden tot kleine rode... En boten stampten, de scheepshoorns toeterden... Zijn vingers gleden over de dunne hals; met de vingertoppen wreef hij er voorzichtig over, hij legde de handen eromheen, als in een teder gebaar en drukte...

Ze voelde die handen om haar hals. Ze boog zich naar hem toe. Het was goed wat die vreemde man naast haar deed. Ze wilde geen Kerstmis meer meemaken. Ze had er om gebeden dat dit de laatste zou zijn.

Opgeruimd hysterisch zongen op het toneel de engelen. Alsof ze doodop was en in slaap gevallen, zó lag zij op zijn schouder.

Hij zuchtte diep.

Toen, als een golf, vloeide de stilte van het sportveld om hem heen.

Hij sloot zijn ogen en zag niet dat zich achter de hoge ramen een plek lichte lucht vertoonde.

Bleke sterren begonnen langzaam de duisternis weg te vreten.

‘Heeft die meneer pijn?’

Thomas Verbogt

Ik ben gek op kerstmannen. Op de kerstman als object. Niet op mensen die zich als kerstman vermomd hebben. Daar heb ik helemaal niets mee. Als ik zo’n persoon zie, loop ik het liefst een blokje om. Ik vind dat zo’n kerstman een volstrekt onzinnige aanblik biedt. Ik weet bovendien niet wat ik tegen de kerstman moet zeggen. Ik ken ook geen kinderen die zich iets van de kerstman aantrekken. Een kerstman heeft ze ook niets te vertellen. Eigenlijk is de kerstman alleen maar versiering. En versiering hoeft van mij niet levend te zijn, nee, het liefst dood en ook graag een klein beetje lelijk. Die versieringen koop ik met genoegen.

Er zijn al heel wat kerstmannen in huis. Een kerstman op schaatsen bijvoorbeeld. Die hangt aan een lamp in de voorkamer. Een kerstman in een glazen bol met water en kunstsneeuw erin. Er zijn mensen die zo’n bol ‘een sneeuwtje’ noemen. Dat vind ik een rare aanduiding. Mijn bol is bovendien erg groot. Ik zou dat ding dus ‘een sneeuw’ moeten noemen. Dat vind ik mooi klinken, maar ik denk toch dat deze vlag een andere lading moet dekken.

Vorige week kocht ik een kerstding waarvan ik eerst niet wist hoe het heette. Uiteraard was het een kerstman, maar nu in de persoon van een beer. Ik besef dat dit een rare zin is: in de persoon van een beer, maar ik weet niet hoe ik het anders moet zeggen. Het was een beer met een groen kostuum aan en een gezellige rode ijsmuts op. Als je de beer aanraakte, produceerde hij prettige kerstmelodieën zoals 'I Wish You A Merry Christmas' en 'Jingle Bells'. De beer had geen poten, maar een bolle onderkant, zodat hij nooit kon omvallen. Ik wist dat daar een woord voor was, maar ik kon er niet opkomen. Een fraai woord van vroeger. Het kan mij buitengewoon ergeren als een woord me niet te binnen wil schieten. De kerstbeer stond op een schap vrolijk te musiceren en ik stond ervoor, in gedachten verzonken. Ik weet dat ik dan raar kijk. Ik hoorde dat mijn aanwezigheid mensen begon op te vallen.

'Wat doet die man, mamma?'

'Die meneer kijkt naar die beer.'

'Heeft die meneer pijn?'

'Nee, die meneer geniet van de beer, zie je dat dan niet?'

'Mamma, is die meneer een beetje raar?'

'Ja, die meneer is wel een beetje raar.'

Ineens wist ik het: duikelaar. Zo'n ding heet duikelaar. Ik kocht een kerstduikelaar, de eerste kerstduikelaar van mijn leven.

Ik zei het al: wanneer de beer bewoog, klonk er muziek op. Ik verliet het warenhuis en merkte dat ik met een vreemd probleem werd geconfronteerd. Ik had de beer in een plastic tas zitten en die plastic tas kon ik uiteraard niet vervoeren zonder dat ik bewoog. En met mij de duikelaar. De hele tijd ging het dus van 'I Wish You A Merry Christmas' en 'Jingle Bells'. Waarschijnlijk waren de batterijen wel uit de duikelaar te halen, maar ik wist niet hoe dat moest. Bovendien was ik bang de duikelaar te beschadigen.

Op straat keken mensen mij aan. Ik zag ook die mevrouw en dat jongetje van zojuist. 'Mamma, daar heb je die meneer weer.'

'Ja, en hij heeft de beer gekocht. Hoor je?'

Ik hoorde wel meer commentaar, maar daar trok ik mij niets van aan. Die schaamte ben ik voorbij. Sterker nog: ik verkeerde in de ban van een groot geluksgevoel.

De kersttijd kan mij niet lang genoeg duren.

Het enige waar ik tegen opzie zijn de vrienden die met hun erg jonge kinderen op bezoek komen. Die kinderen vervelen zich in de winter. Daarom nemen hun vrienden ze overal mee op visite.

Ik heb er twee problemen mee: ze maken in een vloek en een zucht al mijn kerstmannen kapot en er is nog iets, iets wat ik van a tot z kan voorspellen. Leer mij zo'n scenario kennen.

Mijn vrienden en hun drie verwilderde kinderen arriveren vroeg op de dag. Ik zit met de koffie klaar. Er is ook iets attractiefs voor de kinderen. Ik heb een paar Donald Duck-boeken gekocht. En plaatjes van *Lion King*, want die film gaan we vanmiddag zien. Dat is immers een echte kerstfilm, heb ik me laten vertellen. Ik geef de kinderen echter geen gelegenheid de Donald Duck-boeken en de *Lion King*-plaatjes uitvoerig te bekijken. Ik drijf ze naar de voorkamer waar de video op scherp staat. Drie uur lang tekenfilms.

Ik loop naar de achterkamer waar mijn vrienden wat levensmoe voor zich uit zitten te staren. 'Nog een kopje koffie, jongens? Misschien een klein glaasje erbij?'

'Ja lekker. Misschien heel raar, maar je moet eerlijk zeggen wat je ervan vindt. Zou jij – echt eerlijk zeggen! – zou jij er héél veel bezwaar tegen hebben als Loes en ik een uurtje naar de stad gaan. Echt maar een uurtje. Het is kerstvakantie, hè. Nou, dan weet je het wel.'

Dat weet ik inderdaad, ja.

'Ga lekker naar de stad!' roep ik.

'Meen je dat nou? We gaan echt maar een uurtje. Even een paar dingetjes kopen.'

Uurtje. Dingetjes. Ik heb al vaker tegen de verkleinwoorden gewaarschuwd.

'Dan zou ik nu maar gaan, want nu is het nog lekker vroeg,' hoor ik mezelf tot mijn verbijstering beweren. Ik weet eerlijk gezegd niet wat ik bedoel met de woorden 'nu is het nog lekker vroeg'.

'Echt maar een uurtje,' verzekeren mijn vrienden me nogmaals.

Ze hebben nu toch net iets te vaak gezegd dat ze maar een uurtje wegblijven.

'Al gaan jullie de hele ochtend,' zeg ik.

'Vind je geen punt?!'

'Natuurlijk niet. Na-tuur-lijk niet.'

Mijn vrienden zijn twee andere mensen geworden. Ik zie nieuwe energie, levenslust en een onbeteugelbare dadendrang.

'Hartstikke aardig van je. Nou, dan gaan we snel. We zijn in ieder geval voor de film terug. Anders zien we elkaar bij de bioscoop.'

Loes kust me teder. Johan slaat me dankbaar en ritmisch op de rechterschouder. En de kinderen duwen de bank naar het midden van de kamer. De bank is een ruimteschip, de kamer een woestijn. De jongste bouwt van boeken een vesting. De oudste trekt de gordijnen dicht, want het is nacht in de woestijn. Buiten is het kerstvakantie.

Maagd

A.L. Snijders

Toen Carla Lombardi merkte dat ze zwanger was, lachte ze. Ze was zestien jaar en had het maar één keer gedaan, meteen raak. Na een maand vertelde ze het aan haar ouders, die vroegen wie de vader was. Er was geen vader, zei Carla, ze was nooit met een jongen naar bed geweest, ze was maagd. Haar vader was in Italië geboren, op zijn twintigste naar IJmuiden gekomen en gastarbeider bij de Hoogovens geworden. Na een jaar was hij met Lena Morriën getrouwd, de dochter van zijn visboer, een vrolijke vrouw bij wie hij Carla op natuurlijke wijze verwekt had. Carla was een kalm, halfmediterraan meisje, dat net zo vaak werd nagefloten als de andere meisjes uit de straat, maar ze was wel een stuk mooier. Niets wees echter op een wonder. Haar vader kwam weliswaar uit een land waar het katholicisme de staatsgodsdienst was, maar hij had geen religieuze natuur en was zijn geloof in het nieuwe vaderland spelenderwijs vergeten. Nu er in zijn huis een maagdelijke geboorte zou plaatsvinden, werd hij onrustig, herinneringen woelden in hem. Hij bezocht een priester die hem verzekerde dat de grote gebeurtenis niet nogmaals zou plaatsvinden. De priester was een onhandige Hollander met calvinistisch bloed in de aderen, hij wist zich geen raad met de woelingen van de Italiaan, hij bond hem op het hart het kindje volgens de riten van de ware kerk te laten dopen en waste zijn handen in onschuld. Hij kon niet anders, hij was onschuldig. Geen nieuwe gezichtspunten.

Carla werd dikker, er werd over gepraat in de buurt en op school. Ze vertelde haar vriendinnen dat ze nog steeds maagd was, dat zoiets soms gebeurde, dat er zelfs een naam voor bestond, parthenogenese. Haar vader ging nogmaals naar de priester en vroeg hem hoe het zat met de parthenogenese, die zo'n cruciale rol speelt in het levensverhaal van Jezus en de daaropvolgende gebeurtenissen. De priester voelde zich niet op zijn gemak, hij voorvoelde dat in dit geval de Heilige Geest niet voldoende was. Hij had gelijk, Lombardi verloor zijn vanzelfsprekende onschuld, hij zat 's avonds soms vervreemd naar zijn dochter te kijken, hij kon niet begrijpen wat er gebeurde, hij voelde dat er een scheur in zijn ziel ontstond. Een dubbele ervaring, hij had nooit gemerkt dat hij een ziel had. Soms meldde hij zich ziek en liep dan hele dagen langs de haven en het strand. Na enige weken werd hij bang voor de zee, hij dacht dat de zee op hem loerde, dat de meeuwen hem in de gaten hielden, dat het zand hem zou insluiten. Hij was bezig gek te worden. Ik weet niet of je kunt zeggen dat het zijn eigen schuld was, het had toch voor de hand gelegen dat Carla een leugentje had verteld, hij had kunnen weten dat leugens de smeerolie van ons leven zijn. Hoe dan ook, hij had zich vertild en werd opgenomen in het gekkenhuis nog voordat zijn dochter haar zoontje kreeg. In de straat was nog wel even vage onrust ontstaan door buurvrouwengeroddel dat metafysische schaduwen had. Het was een dun en onzeker begin van het geloof in een nieuwe verlosser, maar het ontbeerde voldoende pit en gekte, en ging in de moderniteit ten onder.

Carla heeft haar geheim nooit prijsgegeven. De vader van haar zoon woonde maar een maand in de straat, hij was een Palestijnse vluchteling, een vriendelijke jongen die nooit iemand kwaad had gedaan.

De vleesboom

Jan Wolkers

Het was zo windstil in de machtige borstelige kruinen van de grofdennen om het huis achter de duinen dat je de zee kon horen ruisen, lieflijk, als een stortbak die bijna volgelopen is. In een grote kring zaten de kinderen rond de kerstboom, met de vlammen van de kaarsen zo devoot weerspiegeld in de vochtige kinderogen, dat het was of El Greco die smeltende warmgele toetsen had aangebracht. Met gevouwen handen wachtte mijn vader tot zelfs de geringste wriemelbeweging van het kleinste kind tot rust gekomen was, toen begon hij, na een korte uiteenzetting over de zin van kerstfeest, oma te gedenken die meer dan tien jaar bij ons in huis had gewoond en die nu haar eerste Kerstmis in de kille grond van het kleine kerkhof niet ver bij ons vandaan moest doorbrengen. Hij memoreerde allerlei nobele karaktertrekken van haar die ik nooit opgemerkt had, want het was een tirannieke bedilzieke vrouw geweest waar zelfs mijn moeder bang voor was. Een benige gestalte die spiedend naar ongerechtigheid door het huis waarde alsof haar door een vloek de rust en de wijsheid van de ouderdom ontzegd waren en die onze zakken binnenstebuiten keerde om te kijken of er zich geen spekjes of stukjes veterdrop in bevonden die ze onder het liefdeloos krijsen van bijbelteksten door de wc spoelde, want zoetigheid was des duivels oorkussen. Het was dan ook voor het eerst dat mijn moeder het gewaagd had om kerstkransjes en andere lekkernijen in de kerstboom te hangen. Ik luisterde maar met een half oor naar de trillende stem van mijn vader waarmee hij het geïdealiseerde beeld van oma voor ons trachtte op te roepen, maar toen hij bijna smartelijk uitriep, met al zijn geloofsovertuiging, dat we haar node misten en dat ze in ons midden moest verschijnen, staarde ik in panische schrik de boom in. Terwijl er een sappig geritsel weerklonk zag ik dat de takken van de spar een vlezige substantie werden, dat vlak onder de piek het kalkbleke onvermurwbare gezicht van mijn oma aan het ontstaan was. Schoksgewijs verdween de boom onder de uitwassen van haar schonkige lichaam. Het gruwelijke was dat ze niet haar jasschort aanhad waarin ze dagelijks bij ons had rondgelopen, maar het doodskleed waarin ze begraven was. En dat lijnwaad was al behoorlijk door de door de klei siepende regen en de vraat van insecten aangetast, zodat er overal kerstballen en slingers aan het groezelige weefsel en het ongezonde vlees kwamen te hangen die de weerzinwekkende vergankelijkheid honderdvoudig weerspiegelden.

‘Wie steekt daar mijn kleding in brand,’ riep haar schelle stem. ‘Moet je dat nou eens zien, mijn vlees wordt gewoon geroosterd.’

Verdwaasd sprong mijn vader op en ging snel alle kaarsen uitblazen. Inderdaad zag ik op sommige plaatsen het weke vlees fluweelzwart walmen en het droezelige vel opzwellen van het poffen.

‘Wat zit er nou voor onzinnigs in mijn haar,’ krijste ze,

terwijl ze zo woest met haar hoofd zwaaide dat de piek beschonken heen en weer deinde. 'En verlos me van die bespottelijke oorbellen, Siem,' riep ze gebiedend tegen mijn vader, die al bezig was de piek uit de drabbige haarslierten te verwijderen en daarna vliegensvlug alle ballen, slingers en het engelenhaar van het doodskleed plukte en trok en op de zitting van zijn crapaud deponeerde.

De kinderen zaten met van angst verwrongen gezichtjes te huilen en de twee kleinsten renden naar mijn moeder toe en verborgen hun schokkende hoofdjes in haar schoot. Toen mijn vader haar helemaal afgetuigd had en op de zitting van zijn crapaud een piramide van kerstversierselen schitterde, zei ze bits terwijl ze wantrouwend om zich heen spiedde, 'Wat zitten jelui daar allemaal angstig naar me te loeren. Jullie hebben toch geen kattenkwaad uitgehaald, hoop ik. Ik zal straks jullie broekzakken eens even binnenstebuiten keren.'

'Moeder,' zei mijn vader met een lichte irritatie in zijn stem, 'het is vandaag kerstfeest. Zouden we de vrede niet kunnen bewaren.'

'Wat kerstfeest,' riep ze schril. 'Waar is dan je kerstboom, Siem?! Laat me die dan eens zien!'

Voordat hij zich in de crapaud liet zakken vouwde hij zijn handen al samen, terwijl hij gelaten zei, 'Daar zullen we dan om bidden, moeder.' Tegelijkertijd klonk glasachtig het gekraak van de kerstboomversierselen die onder zijn gewicht verbrijzeld werden. Hij schonk er geen aandacht aan maar begon meteen met ten hemel geslagen ogen te prevelen. Voor onze ontstelde ogen groeiden er weer dennentakken uit het tanige lichaam van mijn oma. Toen was het of er vuur onder mijn vader vandaan geblazen werd dat in een kleurige warreling van vonken om de kerstboom kolkte en waaruit zich de piek, de ballen en slingers en het engelenhaar vormde. Opgelucht zag ik de laatste resten van het halfverteerde lichaam in het niet verdwijnen. De kinderen knipperden met hun ogen, veegden hun tranen weg en hun gezichten kregen na enige tijd weer de stralende uitdrukking die bij het warme kaarslicht paste. De kleintjes droogden hun wangen aan mijn moeders rok en drentelden naar hun plaats. Mijn vader stond een beetje wankelend op en zei, terwijl hij werktuiglijk over de achterkant van zijn broek streek, 'Moet je nou eens kijken, vrouw, alles hangt weer op zijn plaats. Er ontbreekt geen glittertje.' Ineens boog hij naar voren en drukte zijn hoofd bijna de kerstboom in. Zo bleef hij enige tijd verrukt staan staren, toen jubelde hij verheerlijkt, 'En weten jullie wat nou echt een wonder boven wonder is. Hier hangt zo gaaf als een appel het clowntje dat ik op Kerstmis toen ik een jongetje van twaalf was gebroken heb.' Toen hij het door de tijd gepatineerde figuurtje liefderijk uit de boom gehaald had en het aan de kinderen had getoond, hing hij het voorzichtig terug en zuchtte dankbaar, 'Het gebed van een gelovige vermag veel.' Toen kreeg zijn gezicht een olijke uitdrukking en hij voegde eraan toe terwijl hij naar het barre portret van mijn oma op de schoorsteenmantel keek, 'Soms een beetje te veel.'

I not stole your box

Ivo Victoria

Ik sta op de stoep en kijk naar het huis. Uit het raam valt licht, als confetti. Achter die deur wonen mijn vrouw en mijn kind. Je hebt ze nooit gekend, niet zoals wij elkaar hebben gekend, vriend. Ik ga niet naar binnen. Ik kijk naar een doos die mij de doorgang verspert. En elke zucht die ik slaak, bevriest voor mijn ogen, drijft weg op de wind als een zeppelin.

Ik ben te laat, zoals ik te laat ben met alles, zoals ik altijd te laat was. Ik loop de trap op die naar de deur leidt. Ik loop langzaam om de angst te bedwingen. Ik heb het formaat herkend, ik ken elke laag papier die eromheen zit: één voor elke kerst dat wij elkaar gezien hebben. Als alles volgens afspraak was gegaan, had die doos nu niet meer door de deur gepast.

Ik ga ernaast zitten, op de drempel. De kou, hard als graniet, dringt door de stof van mijn broek. Ik kijk naar het pakket zoals ik naar jou keek wanneer we zaten te vissen. Het voetpad een rivier van jassen en tassen en sjaals, beukend tegen de stroom in, zeilend met de stroom mee, ieder op weg naar zijn eigen oever.

Ik leg mijn hand op onze doos zoals jij de jouwe vaak op

mijn schouder hebt gelegd, om me te troosten of moed te geven. Er zit doorzichtige tape over het deksel heen, precies in het midden. Hier en daar laat het los; iemand heeft de doos geopend. Het is subtiel gedaan, een strakke snede dwars door alle lagen cadeaupapier heen, zo te zien met een scherp mes – hier en daar zie ik een druppel opgedroogd bloed. En nadat de dader – jij? de douane? – gedaan had wat hij wilde doen, heeft hij de kartonnen panelen zorgvuldig weer tegen elkaar aan gezet, en aan elkaar geplakt.

Voorzichtig trek ik de tape helemaal los, bang om het papier nog verder te beschadigen, bang dat ik dadelijk te weten kom wat ik niet mag of wil weten, nog banger dat wat ik niet mag weten al verdwenen zal zijn. En terwijl ik dat doe, zie ik een handgeschreven briefje dat half onder de doos verborgen ligt, schuilend voor de wind.

> Hi,
> *Last night, I am sorry. I feeling bad & I think give back your box. I am worrying. I not open your box. I not stole your box. I just want seen in box. Is open with tape close. I am respect for you. God Bless!! Smile! Thank you. Are you okay?*
> *Merry Happy Christmas Holiday*

We liepen op de Antwerpse Meir, dat weet ik nog goed. Ik heb vaak heimwee naar de tijd dat we gewoon doelloos de stad in trokken zoals jonge mensen doen, de onschuldige baldadigheid, vrij van tijd of ruimte. We verkeerden in een goede bui. We speelden een spel dat bij onze leeftijd paste, dat alleen vrienden ongestraft met elkaar kunnen spelen. Het bestond eruit dat je om beurten een vrouw uit de mensenstroom moest kiezen, van op zo groot mogelijke afstand, en dan moest je zeggen of je haar wilde of niet. En dan kwam die vrouw dichterbij, steeds dichterbij, totdat haar gelaatstrekken scherp en helder werden, de omvang van haar borsten en billen, de kleur en strakheid van haar huid die haar leeftijd verraadden. Wat van grote afstand engelen leken, bleken van dichtbij al te vaak relikwieën uit vervlogen tijden. Maar dat was het spel. Als je 'ja' had gezegd, dan moest je het ook echt doen. Niet dat het ooit gebeurde. Maar het móest. Zo konden we uren rondlopen, alleen maar dingen mompelend als:

'Rode jas, ter hoogte van de McDonald's. Ja of nee?'

'Ja.'

'Gek.'

'Homo.'

Enzovoort.

Het was bijna kerst. Traditioneel een periode waarin wij elkaar niet zouden zien. Dat had ik nooit begrepen. Als kerst een feest van warmte en liefde was, waarom brachten we het dan door met mensen tot wie we waren veroordeeld in plaats van met de mensen voor wie we hadden gekozen, mensen van wie wij wisten dat we ze trouw zouden blijven tot in de eeuwigheid?

Nu weet ik wel dat dit is hoe jonge mensen denken, maar het verklaart wellicht waarom ik zei: 'Hé, zullen we dit jaar kerstcadeaus kopen voor elkaar?'

'Homo.'

We liepen verder. Ik voelde me zoals je je voelt wanneer je net heel enthousiast iets heel stoms hebt gezegd en je dat beseft precies op het moment dat je de laatste lettergreep uitspreekt. De nerveuze gloed die door je lichaam schiet – alsof iemand je met schaamte injecteert.

'Blauwe muts, verder helemaal in het wit, op halfelf,' zei je.

'Ja,' zei ik, opgelucht.

'Oké,' zei je.

Het meisje liep onze kant op. Met elke stap werd ze mooier. Toen ze een meter of tien van ons vandaan was, trok ik aan je mouw en zei: 'Nee. Nee, wacht. Te mooi.'

Ook dat was een ongeschreven wet. Van te mooie meisjes mocht je niet zeggen dat je ze ging neuken. Daarmee verspeelde je je kansen op de ware liefde – in de ware liefde werd niet geneukt, zo was onze overtuiging, maar teder bemind, na lange, diepe gesprekken, het kaarslicht flikkerend in glazen rode wijn.

Je legde je hand op mijn schouder. 'Oké. Reine gedachten, reine gedachten.'

Daarna stapte je op haar af. Ik bleef staan, verlamd door haar lach. Ze had een wit skipak aan en de feestverlichting van de boulevard danste in duizend kleuren op haar lichaam. Je sprak met haar, ze leek verbaasd, ze keek naar mij, daarna begon ze te knikken en wees naar de overkant van de straat. Je draaide je om, en zei: 'Hé, heb jij honderd frank?'

Ik knikte. Het meisje keek me aan. Ik lachte. Ze lachte terug.

'Hallo? Honderd frank?'

Ik pakte mijn portefeuille, jij deed er nog een briefje van honderd bij, gaf het geld aan haar en zij stak de straat over en verdween in een winkel.

'Wat...?' zei ik en spreidde mijn armen.

'Zij koopt ons cadeau,' zei je. 'Ze laat het inpakken. Ik geef het aan jou. Volgend jaar doe jij er een nieuw papiertje omheen en geef jij het aan mij. En dat blijven we zo doen. Elke kerst. Voor altijd. Nu goed?'

Het meisje kwam de winkel uit, met een grote doos. Hij leek niet zwaar maar ze liep langzaam en voorzichtig, ze wiegde het cadeau in haar armen alsof het een baby was. Je zou haar moeten zien, mijn witte engel, ze lacht nog precies als toen.

We doken de kroeg in, de doos stond tussen ons in als een trofee. Er kwam bier, en met het bier kwamen de afspraken en dure eden. We namen de doos vast, legden ons oor te luisteren, peilden het gewicht, schudden hem op en neer. Er zat iets kleins en hards in dat tegen de wanden tikte.

'Als jij deze doos ooit opent, dan zijn we geen vrienden meer,' zei je.

'Als jij deze doos ooit opent, dan vermoord ik je,' zei ik.

'Als ik deze doos ooit open, dan ben ik dood,' zei jij.

Daarop klonken we.

Ik glij met een vinger langs de lagen cadeaupapier, waar doorheen is gesneden, alsof ik door een boek blader dat ik nooit heb uitgelezen. Kerstmannen, arrensleeën, kerstkransen, davidssterren, dennenbomen, wiegjes met het kindje van God erin. Het was een sport om elkaar ieder jaar opnieuw te overtreffen in gebrek aan originaliteit. Kijk, hier, Garfield met een kerstmuts op.

'Zo fijn,' zei je. 'Het is altijd weer een verrassing wat ik van je krijg.'

Daarna, streng en ernstig, tot haar: 'Vertel het nu maar,

de grap heeft lang genoeg geduurd – wat zit erin?'

'Reine gedachten, reine gedachten,' zei ze dan en jij deed alsof je dat niet grappig vond.

We hebben er joints op gerold, glazen bier op gezet, rugby mee gespeeld, ermee geknuffeld als met een hond. We liepen er zingend mee door de keuken, vielen ermee in slaap halverwege een film, op de bank of op de grond. De zwarte doos van onze vriendschap.

Ik denk aan de weg die dit pakket heeft afgelegd. Een flikkerende stip die over de aardbol beweegt en de tijd doorklieft; een landkaart waarop wordt ingezoomd, de afstand die steeds kleiner wordt. Het tollen in de laadruimte van een vliegtuig dat in een luchtzak valt, gele handschoenen die het oppakken en neerzetten op een lopende band die als een slang door tunnels en opslagruimtes glijdt. De veiligheidsscan, het luchthavenpersoneel dat heeft gezien wat wij niet zien, dus het lijkt niet op een bom; de deuren van een bestelbus die dichtvallen.

Ik duw op het deksel, bewust en zachtjes, tot ik een spleet duisternis zie. Ik kijk erin.

Ik zie ons fietsen in de Vogezen, de foto van ons tweeën op de top van de Ballon d'Alsace en hoe we 's avonds ravioli trachtten op te warmen op een wegwerpbarbecue.

Een ruzie in de metro van New York met de dronken felheid van wie elkaar eeuwige trouw hebben gezworen.

Die zomerdag in de week dat mijn ouders met vakantie waren en ik met haar in de trein zat, van zee naar huis, en ze me smeekte om mee te gaan naar dat feestje, waar we zouden kunnen blijven slapen, roodverbrande huid op roodverbrande huid, voor het eerst, en hoe ik toch uitstapte en haar alleen liet gaan omdat ik beloofd had nog te komen. En hoe ik kwam en je ogen zag die in de drank zwommen en de omhelzing voelde, de kracht van je armen om me heen waardoor ik besefte dat je verdrietig was.

De boom in jouw straat aan het eind van het grindpad dat achter je huis liep waar ik wachtte totdat jij uit het raam, via het dak, naar buiten kwam. Hoe we samen de nacht in fietsten en eenmaal aangekomen snel vier pilsjes naar binnen sloegen.

'Om in de sfeer te komen,' zei je dan.

De gedichten die je schreef zoals jongens van onze leeftijd dat deden, en de meisjes die je daarmee kreeg. Ik herinner me er nog ééntje.

Duracell-batterijen gaan echt
veel langer mee. Toch
kon ik je in het donker
niet vinden.

Jaren later, toen ik was vertrokken en haar had meegenomen, in de rug gedekt door beloftes waarvan we wisten dat we ze niet konden houden: het bericht dat jij niet langer thuis kon zijn, het verhaal van de beelden die je zag, de tranen die uit de hoorn van de telefoon liepen wanneer ik je sprak. De voornemens en de vervloekingen dat ik niet was waar jij was, dat ik niet zag wat jij zag, dat de afstand er niet meer toe deed want dat jij nu onbereikbaar ver was, voor iedereen.

Ik besloot je op te zoeken. Je lag in een bed in een kamer, de muren wit en leeg als je ogen.

'Ik heb je boek gelezen,' zei je. Het klonk alsof je die zin had ingestudeerd.

'En wat vond je ervan?'

'Ja,' zei je.

We hadden vaak gefantaseerd over wat er in die doos zou zitten. Zij wist het, uiteraard, maar ze heeft het ons nooit verteld en ik heb altijd gehoopt dat ik het nooit zou weten, want dat zou betekenen dat jij er niet meer was. Maar je was al lang verdwenen, verdwaald in de film in je hoofd. Je vertelde dat je soms danste, zoals vroeger op een feestje, met je armen wild zwaaiend om je heen en je hoofd dat op en neer bewoog, je lippen getuit, je ogen gesloten, de muziek onherkenbaar luid, en hoe je steeds feller ging stampen en roepen en hoe het beeld uitzoomde tot je zag dat je stond te dansen op het graf van je moeder.

'Je moet ertussenuit,' had ik gezegd. 'Kom bij ons, het is een mooie plek.'

Ik wilde ons cadeau neerzetten op het kastje naast je bed maar dat mocht niet.

Jij zei: 'Vanochtend werd ik wakker en ik was gelukkig. En toen dacht ik aan de doos. Ik had een voorgevoel over die doos – een donker voorgevoel dat mijn hart omsloot.'

Ik zei: 'Het is ons cadeau.'

Jij zei: 'Er zit niks in. Jij bent weg. Alles is weg. Hocus pocus.'

Ik zei: 'Ik moet gaan.'

Jij zei: 'Laat je adres achter. Ik schrijf je wel een brief.'

Ik liet het pakket achter bij de receptie, zei dat het mee moest, waar jij ook naartoe zou gaan.

Ik kijk op de leveringsbon die in plastic tegen de zijkant is geplakt. Het adres staat er in sierlijk handschrift op geschreven. Ik herken het niet. Het briefje kleeft in mijn hand. Iemand heeft in onze doos gekeken. Een zwerver, een toevallige passant. Iemand heeft gezien wat erin zit.

Are you okay?

De rivier voor me is tot rust gekomen. Achter me springt het licht aan in de gang, alsof iemand het erin gooit. De deur zwaait open. Ik voel de warmte in mijn nek en sta op, neem het pakket en draai me om. Daar staan twee engelen. Kijk hoe mooi ze zijn, hun lach verpakt in dezelfde witte krullen.

'Ik heb pipi in de pot gedaan!' zegt de kleinste.

'Je hebt helemaal niet pipi gedaan,' zegt haar moeder, die naast haar staat.

'Nee,' zegt het meisje en ze bibbert.

Ik ga naar binnen. Ze rent voor me uit, in haar blote kont, naar de pot die bij de trap staat. Haar blote voeten kletsen op de tegels.

'Kijk eens, papa.'

'O,' zeg ik. 'Dat is geen pipi, nee.'

'Ja,' zegt ze. Teleurgesteld.

'Dus wat heb je nu verdiend?'

'Ja,' zegt ze. Dat zegt ze altijd wanneer ze iets niet begrijpt. Ze kijkt ons aan en legt haar gezichtje in een plooi waarmee ze dadelijk alle kanten op kan.

'Een cadeautje!' roept mama.

'Jaaaa!' roept ze opgelucht. Cadeautjes, die heeft ze over het algemeen wel verdiend. En ze wijst enthousiast naar wat zich in mijn handen bevindt.

'Je hebt het opengemaakt,' zegt mama.

'Nee,' zeg ik en laat haar de brief zien. 'Maar ik weet wat erin zit.'

Verantwoording

Jan Siebelink, 'Avond voor kerst' uit: *Hartje zomer*, Uitgeverij De Bezige Bij, Amsterdam 2009.

Herman Koch, 'Dubbeldik kerstverhaal' uit: *Kerstverhalen*, samengesteld door Loek Polders, Uitgeverij A.W. Bruna, Utrecht 2002. Oorspronkelijk verschenen in *de Volkskrant*, 21 december 2002. Tegenwoordig wordt Koch uitgegeven door Uitgeverij Anthos.

Jan Wolkers, 'De eigenzinnige kerstboom' uit: *22 sprookjes*, Uitgeverij de Bezige Bij, Amsterdam, 2008 (eerste druk 1985). Oorspronkelijk verschenen in *Vrij Nederland*, 1985.

Kees van Kooten, 'De kaars' uit: *Alle modernismen ooit*, Uitgeverij De Bezige Bij, Amsterdam 2004.

Leon Verdonschot, 'Tweewielers', 2010. Niet eerder verschenen.

Jules Deelder, 'Drukke dagen' uit: *Vrijwel alle verhalen*, Uitgeverij De Bezige Bij, Amsterdam 2009.

Charlotte Mutsaers, 'Wie een kerstboom plant moet hem eerst plukken' uit: *Zeepijn*, Uitgeverij De Bezige Bij, Amsterdam 2008.

Tommy Wieringa, 'Zijn vleugels', 2010. Niet eerder verschenen.

Jaap Scholten, 'Maria' uit: *Van Oldenzaal tot Ouagadougou*, Uitgeverij Contact, Amsterdam 2010.

A.L. Snijders, 'Kerstmis' uit: *Heimelijke vreugde* 1, Uitgeverij Thomas Rap, Amsterdam 2007.

Sanneke van Hassel, 'Een meisje of een dopgarnaal' uit: *IJs-regen*, Uitgeverij De Bezige Bij, Amsterdam 2005.

Jan Wolkers, 'Zwarte advent' uit: *Gesponnen suiker*, Uitgeverij J.M. Meulenhoff, Amsterdam 1963.

Joost Zwagerman, 'Krantenwijk' uit: *Donkere dagen. De beste kerstverhalen uit de moderne Nederlandse literatuur*, Ooievaar pocket, Amsterdam 1996. Oorspronkelijk verschenen in een bijlage van *Nieuwe Revu* 52, 1990.

Joep van Deudekom, 'Kerststress' uit: *Het perfecte reisverhaal*, Uitgeverij Thomas Rap, Amsterdam 2007.

Freek de Jonge, 'Hampie' uit: *Het damestasje*, Uitgeverij De Harmonie, Amsterdam 1987.

Youp van 't Hek, 'Zalig kerstfeest...', eerder verschenen in *Margriet*, december 2009.

Jan Eilander, 'Ballantienus', 2010. Niet eerder verschenen.

Herman Finkers, 'Stille nacht' uit: *Liefde is vreemd*, Uitgeverij Thomas Rap, Amsterdam 2003.

Jan Siebelink, *IJslands mos*, eerder verschenen in de VARA *Gids*, nummer 51, 1995.

Maarten 't Hart, 'De verwisselde hoenders – Kerstmis in Maassluis' uit: *Donkere dagen. De beste kerstverhalen uit de moderne Nederlandse literatuur*, Ooievaar pocket, Amsterdam 1996. Oorspronkelijk verschenen in NRC *Handelsblad*, 24 december 1982.

G.L. Durlacher, 'Peterchens Mondfahrt' uit: *Godvergeten tijd*, Uitgeverij Augustus, Amsterdam 2008.

Jan Siebelink, 'De Christusstand' eerder verschenen in *Haagse Post*, 1976.

Thomas Verbogt, 'Heeft die meneer pijn?' uit: *Geen danstype*, Uitgeverij L.J. Veen, Amsterdam 1995.

A.L. Snijders, 'Maagd', 2010. Niet eerder verschenen.

Jan Wolkers, 'De vleesboom' uit: *22 sprookjes*, Uitgeverij De Bezige Bij, Amsterdam, 1997.

Ivo Victoria, 'I not stole your box', 2010. Niet eerder verschenen.

En Maria was zijn moeder – Wonderlijke kerstverhalen werd in het najaar van 2010, in opdracht van Uitgeverij Thomas Rap te Amsterdam, gedrukt bij Bariet te Ruinen. Het omslag werd ontworpen door Velrood, de typografie van het binnenwerk werd verzorgd door CeevanWee, Amsterdam. De illustratie is gemaakt door Ellen van der Velden.

ISBN 978 90 6005 923 4
NUR 301